多纳尔·瑞安

污岛女王

龚诗琦 译

上海文艺出版社

献给我挚爱的母亲

让书本记住当地的冲突。重写情节。让收成渐渐枯萎。这就是你的人生,而她是你今生的伟大事件。让她身披阳光。

——玛丽·奥马利[1],《历史》

---

1 玛丽·奥马利（1918—2006），爱尔兰戏剧导演、活动家。

尾声

她出生了。

早产两周,瘦小但健康。出生后的第三天早上,父亲载着她穿过迷蒙的雨雾回家。汽车缓缓而行,襁褓中的她紧贴在母亲的胸脯上,被母亲一遍遍亲吻面颊。

她父亲长着一张圆脸,工作和睡眠不足使他显得憔悴不堪。他没法留下来等她们安置妥当,因为必须径直回去工作,于是他将自己的老婆和头胎儿单独留在他们新建的小木房里。这房子位于他所生长的山区脚下的一片狭小地产上,他祖上都在山上过着农耕生活。

车越开越远,他的心情也随之轻松。他正在为自己的女人和这个是他女儿的初来乍到的女人尽职尽责，这是他宣誓要供养和保护的两个人。责任重大，而他淡然处之。他从来没有在如今不得不面对的责任面前退缩或怨恨。每样东西都闪闪发光，映照出一个个清晰而纯粹的光环，乡村与城镇之间漫长的笔直公路臣服在他车前，不断延伸。新的一天，太阳升高，雨水止息，洗涤过的云朵明艳动人。

远处有个人影，身形佝偻，身着暗色套装，正拖曳着脚步朝城镇方向走，听到他的引擎声，便侧过身来，伫立等待着。他减速停车，伸手够过去从车内打开副驾驶侧的车门，让这个男人坐进来。他认识这个男人，男人的几个儿子是他的好友，男人的女儿则是他在多年前一个漫长夏季追求过一阵的姑娘。这个他喜欢并尊敬的男人，在这样一个春天的早晨，闻起来就像昨日的醇酒，那是一种安全且熟悉的味道，仿佛一颗被风刮落后正在腐烂的苹果。

上帝保佑你，男人说。有什么新鲜事吗？于是他微笑着告诉男人他的最新情况，男人一把拍向膝头，伸过来一只瘦骨嶙峋的手，与这位新晋父亲握了握，说道，好极了，好极了。上帝干得漂亮。欢迎她的到来。欢迎她的到来。希望上帝永远仁慈待她。你打算叫她什么?我还不知道。我们还不知道。艾琳想再等等,她说想看看是哪个名字自己浮出水面。于是这位乘客爆发出高亢、洪亮的笑声,再次拍了一把膝头。真是个好主意!哈哈嘿,哎哟,我可是第一次听说,自己浮出水面!好吧,总之,这主意跟其他点子一样好。名字有什么意义?一朵玫瑰就算叫其他名字,芳香依然甜蜜。

就在他们酣笑时,那辆牛奶卡车转过城镇与新手父亲的祖先居住的村庄之间唯一的弯道,严重偏离车道中心线向他们隆隆驶来。大片暗影一闪而过,一个心跳的瞬间,两个男人魂归西天。

开花

在最初那段记忆里,她四岁,或许刚满五岁。

那是春天,因此一定临近她的生日。那棵樱花树在前院小花园的角落花团锦簇,这幅景象占据了记忆的大部分。又或许这是她的生日,因为有人正在拍照,她站在樱花树下,阳光洒在草地上,粉绿色的光点翩然起舞,身畔一边是她的祖母,一边是她的母亲,各自牵起她的一只手,仿佛她们随时可能将她拽向相反方向,一撕两半。

不过那样的暴行一定依附于后面的记忆。她当时自然没有那么想过。这段记忆最清晰的部分,是她们映在小屋正面狭长窗玻璃上的影像，真是纤毫毕现，她母亲的格子呢短裙，她祖母羊毛开衫的深灰色，她们如同菊花链[1]相互紧扣。还有拍照男人的背影，修长的身材，穿着白衬衫，他低头查看老式相机，相机被他拿得很远，远低于他的腹部。

为什么她对他的背影记得如此清晰，而不是他的正面，他的脸？为什么她专注于她们的影像而不是实体？不管怎么说这事从未发生过，多年以后，当她询问拍照的男人是谁时母亲告诉她。我可以向你保证，她说，没有男人站在那片草坪给你和我和你祖母拍照。那到底是哪里，如果这事当真发生过的话？那张相片。你有在你祖母家或是这间屋子或是其他任何地方见过这张著名的相片吗？

她想不通为什么母亲如此坚信这段记忆是无中生有。她当然知道母亲错了。这事真真切切发生过，几乎与她的描述一模一样，只有几个细节有待商榷，譬如那天到底是不是她的生日，她母亲说从不存在的那个男人

---

[1] 菊花链是一种古老的游戏，孩子们将菊花串成花环。后来这种"链"的概念使"菊花链"作为术语被引入军事、电气工程、社会学等领域。

又是谁。他可能是她父亲的某个兄弟，虽然他们中没有谁拥有修长的背部，也没有亲戚之类的人从她们生活中消失。他可能是邻居。他有可能，她猜想，是她母亲的某任男友，虽说母亲否认曾招待过自己的追求者哪怕片刻。她的丈夫或许离开了这个世界，但他曾经是，也将永远是她的丈夫，天长地久也不会改变。虽然记忆是真切的。绚烂灼目的粉色樱花树，脚下暖乎乎的草地，祖母的手，以及她母亲柔软的手。

自由

西尔莎就是浮出水面的那个名字。

自由。有次在厨房里,她听到母亲说,或许这名字冒着傻气。一个愚蠢的选择。我那时昏了脑子,安布罗斯神父甚至问我是否确定,我当然说我确定。他问我是否考虑以你的名字来命名为玛丽,或者叫布丽奇特,以我生母的名字命名。或许我应该听的,玛丽,是不是?如果她去美国,那些扬基佬压根不知道该如何发音。

但姥姥反驳说,去他的扬基佬,看在上帝和圣母的分上,是什么让你担心还没影儿的未来里某个扬基佬舌头打结的问题?你或我们中任何一个人干吗要去关心那个傻屌？女孩，我们不欠扬基佬什么，更不用去考虑名字的发音。反正他们一向只图自己方便对名字进行歪曲。那里遍地是欧布里斯、马霍内里斯、穆利格鲁斯和康特蒂斯以及根本不存在的名字，就因为爱丽丝岛[1]上的犟驴们懒得正确记录那些涌下船的饥民的名字，他们坐办公室的后代们也不愿意发放签证。

姥姥这样唠叨了好一阵，接着开始扮演起美国的办公室白领。在那个国度，人们的姓名被改得乱七八糟，讲起话来拿腔拿调，聒噪刺耳。她母亲笑得连烟都没法吸上一口。等笑声停止，姥姥说，管他的，我们别无选择，就叫她这个好名字吧。多年来，我们的人民为了自由与英国人打了许多场战争，这个国家的每条街道上都有烈士。西尔莎想象姥姥从村里山腰上的农场出发，每日的两英里散步路线中，一直为沿路的死者祈祷。

她坐在厨房与客厅之间的门道地板上，手边是她的拼图，这里几乎在她母亲与祖母的视线之外，她看到两个女人隔着桌子牵起手，然后低头望着她们握紧的手。

---

[1] 爱丽丝岛是一座位于美国纽约湾上的小岛，一八九二年起作为移民检查站启用，往后的六十二年里有一千二百万移民通过该岛进入美国。

在那一刻，她希望自己可以加入她们，一起为照片里的那个男人悲伤。照片挂在壁炉上方及门厅两边的墙壁上。男人有着深色头发，蓝眼睛，灿烂的笑容，是她的父亲，对厨房里的女人们来说，分别是儿子和丈夫。但她无法进入这份悲伤。她对他只有深深的好奇，好奇他在坟墓与照片之外的存在，好奇她到底是如何由一半他和一半母亲组成。这全然是个奇迹。

父亲们

在这一小片住宅区里,其他每个有孩子的家庭中都有一位父亲,活着的父亲。

他们看起来毫无用处,除了用共享的一台除草机修剪草坪。他们轮流修剪植草路肩,住宅前方的小片绿地,以及后院更迷你的草地。他们中大部分人在距离村庄四英里的城镇工作,早晨穿着夹克出发,回家时只穿衬衣,边抽烟边停车。他们有些开货车,车厢上印有他们的名字或是公司的名字,为他们的服务打广告,像是水管工、木工、肉类批发商、电工。

肉商的货车一侧印着一头微笑的奶牛。奶牛有着长睫毛和明亮的绿眼睛。姥姥认为这太滑稽了，因为奶牛看起来很快乐。瞧瞧它，上帝保佑，成天笑嘻嘻，全然不知它已驶上死亡快车道。要知道，可怜的老奶牛们过着悲惨的生活，活着时几乎时刻都在怀孕，别无选择，崽子们被一个接一个从它们体内猛地拽出来。

有一位父亲骑车上班，他的孩子们每天傍晚都在前门等他。西尔莎会坐在宽阔的窗沿上，将她的前额抵住冰冷的玻璃，透过前窗观察他们。当他们听到父亲自行车齿轮上链条的吱呀声时，他们就开始兴奋起来，小点儿的那个男孩开始一蹦一跳，并抬手指向家门口附近的岔道口。

等父亲拐过岔道口，进入他们的视野后，他们会狂奔向他，一边大喊，爸爸！爸爸！爸爸！声嘶力竭，尖锐刺耳。有时候她听到祖母对她母亲说，你听到那些孩子的尖叫声吗？他们到底在兴奋什么劲？每天都演这么一出。要我说，他们带点疯劲儿。艾琳，琼斯家的两个孩子是低能儿之类的吗？反正他们不可能健全。像两只小野兔一样冲到大路上。你会认为那位母亲或父亲应该警告他们不要那么做。上帝，有些人真不怕死。

如果这样，活着的父亲并没什么了不起。还不如拥有一个爱抽烟，甚至在没有阳光时也戴太阳镜，不像别的母亲那样留着跟丈夫相似的短发，而是拥有长长秀发的母亲；以及一个几乎每天下山看望你，是你母亲的婆婆的祖母；以及一个死掉的父亲，他将永远年轻，坐在桌边的椅子上与自己的父亲及其他所有去世的亲戚玩扑克，等待审判日的降临。

毒药

它随一封信而来。

晴朗的一天,她腹部贴着草皮趴在后院,观察沿着草莓藤蔓毛乎乎的茎部往扁平的绿叶上爬的一只甲虫的黑紫色背部。厨房里传出母亲响亮的咒骂,狗杂种!声音穿过小小的屋子,从后门窜出,钻进小花园,越过锯齿状的荆棘丛、蝴蝶、杂草丛生的马铃薯地、由黄色小伞变身絮状光丝精灵的蒲公英,然后一口气飘远。横穿那座迷宫般的城市,那个嗡嗡作响的宁静世界里,一百万个微小生物生存其间,她热爱它们,就连黄蜂也不例外。母亲的叫声隆隆滚过,破碎成一道雷霆,草地似乎都吓得发抖。

她站起来，穿过花园，沿着人字墙来到敞开的厨房门口，然后停下。母亲与姥姥的头隔着桌子几乎贴到一块儿，香烟的烟雾与茶杯的热气打着旋儿如缥缈的云雾升到屋顶。母亲一只手里攥着一张纸，远远伸到身前，另一只手盖在眼睛上。姥姥正在伸手够那封信。她仰着下巴透过眼镜底部开始读它，她的头两边移动。西尔莎悄悄贴近门以便听清母亲的话，现在那声音变得更轻柔，几乎在耳语。有毒。全知全能的耶稣基督呀，那难道不是纯粹的毒药吗？他怎么能这么对我？我自家的亲兄弟。你知道，我敬爱他。我敬爱他。我愿意替他赴死，替他下地狱。我的家人怎会相信如此邪恶的事？

西尔莎听到母亲溃不成声，发出一连串破碎的噢。噢，噢，噢。姥姥于是安慰她。嘘，姑娘，别让孩子听到。这儿，瞧，这种东西唯一的去处就是这里。然后姥姥起身，走出她的视野，往厨房的一头移动，传来炉门打开的声音，接着猛地被关上。好了，这就是卑鄙之物的结局。永远别再想它。无论是谁，这样抹黑他人，都要到上帝面前去自圆其说。他们会怎么自我辩解？谎言是魔鬼的语言，贪婪就是饲喂给其磨坊的粮食。

最好还是溜回花园去，将蒲公英精灵吹向碧空。那些恶毒的语言就留给大人们，让她们喂进炉子里焚烧。荡妇、妓女、杂种。它们都只是发音而已。只要你等上一会儿，母亲和姥姥就会重新开怀大笑，世界将找回它的平静美满。

秘密

不过，这些秘密总会再次浮出水面。

偷听是解密的一条途径，但这么做需要耐心。线索难以捕获。她努力回忆，记起有一次她母亲坐在她身边，事无巨细地将她自己的生活讲给她听，关于遇见西尔莎的父亲以前的生活，关于她的童年，她的青春期，她刚成年那会儿。她有过很多男朋友吗？她去过什么地方吗？英国？欧洲？甚至都柏林或科克？西尔莎知道她上过利默里克的私立学校。叫什么山的学校。西尔莎想象母亲的学生时代时，脑海里总会浮现出一幅画面：母亲漫步在黄花夹道的一条大路，身穿百褶裙、镶白边的运动上衣和一本正经的齐膝长袜,歪戴着一顶草帽。但她知道,她在将马洛里塔[1]系列图书的画面移植过来,又将圣嘉勒女书院的女学生形象带入了她对母亲少女时期的想象。

她意识到自己很少跟母亲好好聊一聊。大多数时候,母亲的话都拐弯抹角,四处飞扬的语言如同撒了一把七彩纸屑,漫不经心地瞄准,随机地抛洒。不过她猜测所有亲子关系都是如此。每晚,母亲都说爱她,边给她掖被子边说,我爱你,我的囡囡。我爱你,我的小甜心。我的宝贝。我的完美女孩。等到西尔莎长大,不再需要掖被子,这些话母亲还是会在西尔莎入睡前将她拉到怀里说一遍,如果她坐下来的话,有时候会深深埋入母亲的腿间,就算后来她长得几乎跟母亲一样高了,依然如此。晚安,小囡囡。晚安,甜蜜的小可爱。这就足够了。

盘亘在大人脑海里的重要事务和无聊琐事,母亲有姥姥可以倾诉。她们坐在餐桌边窃窃私语。有些时候,

---

[1] 《马洛里塔》是英国作家伊妮德·布莱顿的一系列青少年冒险小说,以二战后的英国为背景,讲述十二岁的女主人公马洛里塔的冒险经历。

她得屏息凝神，训练耳朵适应她们嗓音的节奏，从烟雾缭绕的空气里拾取出几个随机的词句。对话是关于鲍迪与克里斯的，有关他们将来怎么办，他们永远没法将那间寒酸农场的起居室分割给彼此使用，如果他们其中一个或者双双婚娶的话怎么办，不过目前看来，这样的前景很渺茫，感谢上帝。还会谈到那位叫理查德的，母亲会提及爸爸、妈妈、伊丽莎白阿姨。一众表情阴郁的黑衣幽灵会逐一浮现在西尔莎的心中，在代表母亲过去秘密生活的冰冷石岸上一字排开，撇着嘴表示反对。西尔莎心满意足地琢磨，揣测，在内心深处描绘各种可能性，去建造一座高塔林立、城垛环绕的城堡，然后让母亲耳语中的幽灵与世上的一切悲伤秘密入住其中。

乌鸫

一个夏季傍晚,有什么东西砰地撞上前窗玻璃。

母亲与姥姥从坐椅上惊起,赶紧跑到屋外。姥姥边跑边骂。西尔莎好奇地跟在她们身后,又不免心惊胆战。在屋子前门处,母亲与姥姥站着四下张望,却一无所获,外面大路上,隔壁的花园里,山丘的陂沿上,远处的草地上,哪里都不见人影。不过是有人在吵架,艾琳,姥姥说,可能是年轻人在乱扔石头。但母亲没有回话,她站在窗前望向下面的花丛,那里是窗下的窄道连接草坪的地方。一簇灿烂的三色堇中,它纤细的脖子折断了,一只无神的小眼睛仍反射着阳光。一只刚孵化不久的乌鸦正躺在那儿。噢,母亲在说,噢,亲爱的小东西,你这个傻乎乎的小东西。姥姥看到后翻了个白眼,然后摆了下手对死鸟表示不屑。至少不是醉鬼,她说,一想到有醉鬼在附近扔石头我就浑身难受。

姥姥回到屋里,但母亲伫立在原地。它再也无法去体验生活,可怜的小可爱。西尔莎想说点什么,却无法发出任何声音:一个难受的肿块堵在她的嗓子眼,仿佛吞下了一块石头。泪水从她眼中滑落,汇聚在下巴上,从那里滴落到她的裙子前襟。她听到有人在低声悲啼。她抬眼找了一圈,才意识到就是她自己。母亲已经跪下,用手将死鸟拾起,捧到脸颊附近,似乎要吻它。这时姥姥重新出现在房屋的角落,说道,艾琳!别把那个生蛆的东西放到嘴边!上帝知道它身上携带了什么脏东西!

但母亲假装没听见,她亲吻乌鸦毫无生机的翅膀,然后将它放回停尸的泥炭床。西尔莎转身往大路跑去,姥姥在她身后大叫,你要去哪里?她边跑边高声回答,去神父家,这样他就能来做最后的仪式!她能听到姥姥嚷道,你别妄想找科特神父,在教区他从不哭哭啼啼,多愁善感,他会认为我们都疯疯癫癫,想给鸟做圣礼!

不过神父并没计较这些。他牵着西尔莎的手穿过湖滨路走回社区。姥姥在半道上遇见他们,为外孙女的无理要求表示歉意。他说这没什么,然后对乌鸫轻吐祈祷词。母亲用泥铲刨开花床,他们携手让这只乌鸫雏鸟入土为安。

哈米吉多顿

世界末日听起来像什么?

就像人们张着嘴巴嚼东西。无论克里斯、鲍迪还是母亲,尽量吃得优雅。当西尔莎穿过村庄,跨过主路,上山去姥姥家时,她尽量避免在那里吃饭。她的叔叔们总是往餐盘上躬身,双肘架起来似乎在保护自己和他们的食物免遭他人毒手。吃慢点行不,姥姥大声嚷,看在上帝的分上,吃慢点,别噎着。而后她站到他们身后,轻抚他们的后脑勺,脸上挂着傻乎乎的表情,目光在他们身上移动。

西尔莎也会吃得狼吞虎咽,隔着桌子观察叔叔们说话时嘴里飞溅出来的残渣。这里一滴，那里一点，撒得到处都是。她根本吃不完被塞到手里的那份大杂烩。姥姥不是个好厨子。听着，母亲说，多数傍晚她会下山到这儿吃晚餐，然后给山上的两个男孩留一锅上帝知道的什么乱炖。母亲有时候会说些关于姥姥的刻薄话，但如果哪个傍晚姥姥预计要来，却没有现身，她就会站到窗前眼巴巴盼着，自言自语地琢磨她上哪儿去了，请求圣安东尼和圣克里斯托弗帮忙照看她，如果迟到太久，她会求助圣朱迪。照汽车穿梭于村庄的速度来看，那头蠢母牛可能在过马路时被撞死。必须做点什么。

真正的世界末日应该是核战争。母亲有一本相关图书，是西尔莎出生那年发行的。母亲有时会读它，边抽烟边感叹，我的耶稣。姥姥说，如果你瞧见那些野蛮人派送这样的书，那是柯林斯家的小混混跟其他几个笨蛋，他们四处捉弄人。书上说，如果新闻报道原子弹爆炸了，每个人都应该躲到桌子底下，给桌子罩上一张毯子，压住。整个世界将充满放射性**沉降物**，但你如果待在桌子底下，你会感到庆幸。

母亲说，我们总有一天会这么做。核战演习。但姥姥从她手里夺走书，扔进火炉里。够了，她说，不安地

污岛女王　　　　　　　　　　　　　　　　　　　　23

盯着火炉，似乎害怕那本恐怖之书会从地狱炙火中逃逸。让这愚蠢的行为就此告终吧。你还不如去担心明早的太阳忘记升起。那些说法都是为了让人们陷入恐慌，为了给闲人们一个借口去耀武扬威地发号施令，告诉他人要么顺从要么去死，才编造出来的。这书就是满嘴疯言之人的特许状，只适合扔进火堆。

周年纪念

我们已故的兄弟姐妹们。

在没有手足的她听来,这句话太奇怪了。然后她父亲的名字进了名单,每年,她的生日过后两天,有时候是三天。每当他的名字被念出来,她总感觉到母亲和姥姥在座位上轻轻地扭动一下,然后姥姥会抽鼻子或者发出很轻的喉音,仿佛一声呜咽,微弱得刚好能被听到。西尔莎知道,她听到是因为自己竖起耳朵搜寻着这声音。

然后她们会一路走到墓园。雨天除外,下雨时克里斯开车送她们去,成年人一路上都在谈论下雨,雨从哪儿来，预计下多久，天气预报里没有说下雨。墓园附近的草地上有一条夯实的小径，将人们领向后面一块石墙的 V 字形角落，她的父亲就在那里等候，在地狱火上，天堂圣光下，头顶是一棵紫杉长长的枝干。姥姥说，这棵紫杉有两千岁，比基督本人还古老。而等我们都化为尘土，它依然会在这里，依然活着。西尔莎想不明白，为什么拥有毒果和凶巴巴的叶子的紫衫会被上帝如此宠爱，被赐予永恒的生命。

在这样的第九个年头，她站在这棵树摇摆的阴影下，步行和早起做弥撒让她疲惫不堪，她听着祖母轻声向无风的清晨空气里念出祈祷词，凝视着黑黑绿绿的霉菌，它们已经爬满墓碑的基座，蔓延到空着的位置，将来某天，那里会刻上姥姥的名字，然后是母亲的名字，还可能有她自己的名字。就在这时，她听到身后湿草地上有足音传来。她转头看到那里有一个女人，跟母亲一样漂亮，但个头不及母亲，她穿黑外套，戴黑手套，微笑说道，你好，艾琳。你好，玛丽。男孩们。啊，这肯定是西尔莎了。

母亲见到女人一脸吃惊，惊喜，但又现出悲伤。萨丽，她说，噢，萨丽。女人略微弯腰，将戴着手套的手分别放在西尔莎的两侧肩头,直直盯着她的眼睛。西尔莎看到女人的眼睛里点缀着黄金碎片。你不漂亮吗,小可爱?她说,你漂亮极了。我们的父亲在同一天上了天堂。这事你知道吗?女人嗓音里吐露出的情感,她说**爸爸**——这个词的悲伤语调——令西尔莎哭了出来。她震惊于自己的眼泪,如此突然,滑过脸颊时又如此滚烫。女人将西尔莎整个拥入怀中,嘴唇轻柔地抵在她泪湿的脸上耳语道,小家伙。上帝保佑。

兄弟们

一天,姥姥破天荒地开始谈论鲍迪叔叔、克里斯叔叔和西尔莎的父亲。

上帝怜悯,是我连着生了他们三个,而且都是男孩。但你可怜的父亲去世后,等于群龙无首了。愿上帝可怜他无辜的灵魂。你知道,生完克里斯,我就再也无法怀上了。不管他在里面干什么,总之,把我的性生活搞得一团糟。他希望我们继续时,就会动弹,屡试不爽。你母亲对他的评价是对的,但我自己不乐意她那样说他,你也当个好女孩,别告诉她我现在说的话。可怜的小子连给自己擦屁股都不会。除了种地,又能干什么呢？我猜他总是干最基础的活，像是喂食、挤奶、切割青贮料和干草，至于其他需要更多注意力与判断力的工作，可以留给鲍迪负责。听着，这并不是说他是整个爱尔兰绝顶聪明的人。他们这一对，终其一生也不过是光棍农夫，除非命运女神改变主意，对他们展露笑颜。不过目前还没有任何迹象表明她对他俩有任何怜悯之心。上帝保佑。

总之，这就是整件事的遗憾结局。你可怜的父亲被从我们身边夺走，他俩失去了引路人，或者说一只坚定的掌控命运的手。他们对我丈夫的记忆几乎是空白的，虽然克里斯说他记得牵着他父亲的手，一起走过粮食围场，穿越杰克曼家背后最高处的地产，远至格拉德尼家的果园，从树上摘苹果，然后被抱起来采摘树顶枝头上吸收了阳光的肥美果实。以上帝的名义，我真不明白。我到底做了什么要被夺走两个这么优秀的男人？至少，我活这么久就是罪过。你的罪肯定是前世犯下的。

西尔莎不太能跟上她祖母的话。日头猛烈，她们感觉阳光像一条波光粼粼的小溪，你无法看清溪水本身，只能捕捉到它的光，从地面迸发，射入你的眼睛，就像那条从丘陵流下，穿过乡村，进入湿地后汇入河流的小溪。那是一泓悲伤,她想。她很高兴听到这些话,心想她应该找个地方记录下来。

可悲的不幸事,姥姥说。一旦我死了,他们在这个星球上将孤苦伶仃。难道你不会时常想到他们吗,西尔莎?两只孤独又无辜的羊羔。你必须许下两个承诺。你要给我扫墓,还要爱戴你那两个可怜的叔叔。

激情

鲍迪被逮捕了。

西尔莎起初不明白这是什么意思,直到姥姥向她解释。她的祖母哭号得不能自已,好一阵都很难听清她在说什么。难以置信。难以置信。主啊,他怎么这么傻?跟那帮人混在一起!我该怎么办,艾琳?但西尔莎望着母亲的眼神与嘴角,她不知道该对姥姥说些什么,她也不知道能帮些什么忙。她们齐齐坐在餐桌边吞云吐雾,西尔莎则待在自己惯常占据的日光浴场,每天正午时分,阳光就汇聚在前窗与厨房门扉之间的空地上。

有人让鲍迪将一批枪支藏进谷仓里的干草堆底部。

顺带还藏了些别的东西。姥姥不确定是些什么。是塞姆汀[1]，艾琳。我以上帝和圣母之名求解，塞姆汀到底是什么？它听起来不像什么好东西。很显然我们都可以被这玩意送上天国。吉姆·吉尔德跟我说的。玛丽，你真走运，他说。你真是如有神助，在鲍迪没有陷得太深之前，情况得以公之于众。吉姆·吉尔德说，陷得太深！就好像一谷仓枪械和他妈的**塞姆汀**还不够深似的！

鲍迪在利默里克市的监狱里关了将近一个月，才被允许回家。但他很可能还要再次进监狱。西尔莎和母亲穿过狭窄的乡村小道去看望他。他坐在姥姥陋室的厨房大橡木桌前，头上悬着褐色的摆钟。西尔莎认为那是上帝的时钟，因为顶上有一幅上帝的画像，他摊开两掌，掌心是罗马钉造成的伤口。鲍迪的双手也受了伤，用绷带紧紧包裹，因此他的手指变成一团纱布。他将双手直直地伸着。我什么也没告诉他们，艾琳。那些条子。我他妈什么都没说。他们用锤子把我的手指变成这样。我什么都没说。他的眼里噙满泪水。

原本坐在飘窗眺望泥泞的农场和远处的粮食围场的

---

[1] 威力强大的塑胶炸药。

姥姥,这时站起身,脚步沉重地穿过长长的厨房,抬起一只手重重地扇在她年纪最大的活着的孩子太阳穴上,让他从椅子上摔落在地。他沉默地躺在那里,母亲怒气冲冲。条子,条子,你他妈对条子很了解啊,他妈的你这个莽汉,你傻得跟他妈的柯林斯家的混混们似的。她不断撒着气,鲍迪就仰躺在那里,冲复活的基督高高举起他受伤的手。

求婚

　　克里斯向母亲求婚了。

　　那是一个初夏的傍晚，他还穿着工作服，从田间冲到下面的村庄来，就像是被突然袭来的情欲，被一直以来沉睡着的疯狂欲望，瞬间击溃。根据姥姥后来的说法，半勃起了。虽说并非对他的仓促准备和糟糕地执行计划完全持否定态度。他在边门外站立良久，嘴里呢喃自语。西尔莎从未见过一张羞得更红的脸。母亲后退几步，想让他进屋里。她刚点燃一支烟，深深地吸着。进来，克里斯，她隔着一层蓝色烟雾说。不了，艾琳，我的靴子上都是泥，不想踏上你干净的地板。干净个屁，母亲说。克里斯笑起来，是他惯常的那种高声的咯咯笑。克里斯喜欢母亲，她也回馈他同样的喜爱。

不知从哪儿，从以太，从蔚蓝的天幕，从新作物的生气，抑或农用柴油机，他汲取到勇气，进行了求婚。艾琳，我在想，西尔莎听到他说。在想什么，克里斯？我在想，从各方面来看，这难道不是最好的安排吗，如果你和我，如果我和你，如果你和我……接着他单刀直入，几乎是大喊一声，你愿意嫁给我吗？西尔莎见到母亲弯下腰，似乎被人在肚子打了一拳。然后她的两只手将克里斯工装上的翻领攥紧，一把拉他进了厨房，顺势砰的一声关上门。克里斯惊慌得双目圆睁。无论他期待过什么，绝不会是被举离地面。他直起腰，抬起一只手盖在脸上，然后往下一抹，仿佛在给自己复位，重拾那副消极的面容。

你在说什么瞎话，克里斯？看来他似乎不明白自己刚才说过什么瞎话。但他迎难而上。我们并不需要，你知道的，就是完全意义上的婚姻。我们只是，你知道的，别把事情想得那么糟。你可以，就是，获得一些陪伴。你和宝宝。宝宝？西尔莎十一岁了，她张嘴准备对这个冒犯的称谓表示抗议，但她内心生出某种隐隐的智慧使她没有发声。鲍迪和克里斯叫她宝宝,或许他们一辈子会这么叫。

我很爱你,克里斯,母亲说,如果我是自由身,嫁给你将令我成一个非常非常幸运的女人。但在我内心与灵魂深处,我依然与你的哥哥结合,我会说,直到永恒。

克里斯说,没关系,他感到抱歉。母亲说她也感到抱歉,然后亲吻了他的脸颊。克里斯拖着脚步回到山上,很久很久都没再下来。

把手

繁花似锦,艾琳。

这不是某首歌的第一句吗?母亲并不知道,但姥姥自顾自地用自己编的词儿继续吟唱。去往主干道的路上,她与一个骑自行车的男孩擦肩而过,曲棍球杆夹在他的腋窝底下,车把上不见双手。这么干你会摔断脖子的,小格利森。可男孩只是大笑着回应,你好,艾尔沃德太太。然后他继续踩车,让重心偏左拐进住宅区,然后再偏向右边拐进西尔莎和她母亲所站的短车道。他撒开双手驾驭自行车的样子,与尼纳的马戏团里的空中飞人一样魔力四射。同样是当着你的面展现不可能之事。

你好，艾琳。你好，西尔莎。她很奇怪他为什么知道自己的名字。他穿着短裤和教区配色的曲棍球套衫，泛着红晕的脸颊，湛蓝的眼睛，还有西尔莎见过的最长的手臂与双腿，甚至比鲍迪或克里斯的都长。他的腿和短裤上蹭了些青草痕迹。他应该骑车回家给自己洗个澡，西尔莎想，如往常一样，她的心声是姥姥的嗓音。思考在一种假定情景里姥姥可能说什么，并代入姥姥的嗓音去思考，是蛮有趣的事情。

母亲不满地看着自行车上的男孩，开口对他说话时，声音轻如耳语，在张嘴前与闭嘴后，都斜眼看向西尔莎。继续骑，吉米，骑回家，把你身上的草屑洗干净。这给了西尔莎一种奇妙感，母亲说的话正是她所知道的姥姥会说的话，或者说一个翻版。她大笑出声。

你会来我的二十一岁生日会吗，艾琳？男孩问。或者说，他已经是个男人了。他的嘴唇上方有些髭须，手臂与双腿上立着富有光泽的白毛，但他却不像年长些的男人那样长着灰暗的粗糙相貌和猪排般的皮肤。我不会去，母亲用她没得商量的尖锐语调回答道。我很好。你当然，艾琳，你一向看起来很好。然后母亲转向西尔莎说，亲爱的，能请你回我卧室把手提包从床上拿过来吗?好女孩。但她就站在边门内侧,她能听到母亲在说,你知道你不能像这样找上门来。然后那个毛头小伙说,艾琳,求你了。西尔莎一时冲动下堵住了自己的耳朵,等她再次看向外面,那个男孩正骑车从大路往下,往湖滨路去了。现在他的手放回了车把手上。母亲站在一片白晃晃的日光中,抬眼望向天空。

故事

你知道什么新闻吗?

故事无处不在。你可以听,也可以选择不听,但故事最终会想方设法钻进每一只耳朵。你可以相信它们,也可以选择不相信。故事从尼纳流出,从上游的波特罗流出,从下游的湖区流出,也从山区流淌下来。许多个周日傍晚,姥姥祈祷完回家的路上,会带着一箩筐新闻顺道来访。西尔莎从未去做过祈祷,因为母亲说那就是一场额外的弥撒,对任何人来说,一周一次弥撒绰然有余。特别是一个周日的傍晚,姥姥带来了爆炸性的新闻。她浑身散发着熏香和汗水的气味,被一种狂热的气场环绕。她刚踏进门,还没来得及脱下手套和帽子,也赶不及放下祈祷书,就滔滔不绝起来,嗓音因兴奋而变得尖厉。

母亲似乎察觉到姥姥的新闻不适合西尔莎才十二岁的耳朵,于是叫她上外面去玩。姥姥止住话头,噘起嘴巴上下扭动,就像是尿急了。西尔莎在客厅窗户外,略微敞开一条缝隙的窗格下徘徊,看姥姥的故事自己能偷听到多少。不过她听不清那些人名,只有故事本身,是关于一对铁T的。西尔莎不明白这个词的意思,但母亲重复这个词的声音听起来十分不悦。铁T!你从哪儿听到这个恶心词的?姥姥说她听过不少次。女士,你会惊讶于我听到的传闻。反正这事是真的。她们被瞧见手牵着手,还有几次被几个可靠的目击者看到在下面的湿地上互相爱抚。这事你怎么看?

我不怎么看,玛丽,母亲回答。她们是好人,她们在一起做什么是她们的私事。私事?那她们有权私下这么干,而不是对所有的活着和死去的人广而告之。好人,你没事吧。我不知道她们相互间甚至会做些什么。一想就难受。母亲突然咆哮起来,音量如此之大,以至于西尔莎感到耳膜都在震动。**那就别他妈去想!快闭**

嘴！闭嘴！行吗？母亲和姥姥好久没再说话，直到暮色降临。母亲吹毛求疵地忙着她的活，粗暴的态度一点点往外泄。终于，姥姥起身要走。她固执地一直等着母亲软下来，等着有机会重获母亲的欢心。那，我走了，她在门边说，然后将头巾紧紧系在下巴上。足足过了一分钟或更久，母亲才说，噢，见鬼去吧。然后她冲进月光之中，想去跟她的婆婆，也是最亲爱的朋友和好，结果看到对方已穿过乡间小路尽头的主干道了。

女孩们

有许多关于女孩的故事,关于以前的女孩是什么样。

曾经有一个女孩,总是在黄色大桥上等那些卡车司机,那些跑长途的小伙子。然后她会在德里哈斯纳的路旁停车点跟他们做点什么。是为了钱还是因为她喜欢,没人知道。她看起来一点儿没有兜里有两个子儿的样子。谁又知晓是怎样的冲动冲昏了人们的头脑?反正姥姥不知道,母亲也不知道,既然她们不知道,那西尔莎也没什么希望可以对此略知一二。不过,说起来,了解一个人到底指什么?除了他们的外在,他们的眼睛、鼻、嘴巴和嘴里发出的声音、气流穿过嘴巴的独特方式,还能对他们有什么了解呢?

过去有个在平底锅厂干活的女孩,跟好几个头头有一腿,最后几乎掌管了整个厂,直到她出了点岔子,不得不远走英格兰去处理清楚,等她回来,她的考勤卡不在考勤机上,她的辞退信却叠好插在原来插考勤卡的狭槽里。没有任何道歉或解释,聪明如她没有找人要说法。她曾叱咤在阳光下,那是很长的一个白昼,但黑夜一如过往再次降临。

曾经有一个女孩,总是默默无语地跟她那鳏夫父亲和兄弟走在一起,不是跟在他们身后就是走在其身侧,身穿一条靠着补丁死而复生的过时连衣裙,脖子和脚踝处都沾着一圈污渍。她的嘴唇时常咧开,她的眼睛时常青紫。她带着一身伤,饱含歉意的样子,似乎知道这些伤痕给看到它们的人带去了不适和揣测的重负,他们的淫乱行径令人们窘迫不安;她使人们愧疚得要命,因为大家从她被虐待的事实中收获了愉悦。

曾经有些女孩,竭尽全力去做一个好女孩。她们是好女孩,令她们的父母以她们的言行举止为荣的好女孩,嫁给向她们求婚的男人并心怀感激的好女孩,不会想着翻过眼前的山头去远方的山上看看那里的青草有多绿的好女孩,生育出在弥撒上安安静静坐着不动、向上帝祈祷的乖孩子的好女孩。

哈,姥姥说。我们都认识这样的女孩,不是吗,艾琳?认识个球,母亲说。然后她们哈哈大笑,那些可爱的女人,她们哈哈大笑。噢,但你看,人们私底下的样子如何知晓呢?没有眼睛可看穿一扇紧闭的门,或一颗紧闭的心。

男孩们

当然也有男孩的故事，数量上一点不差。

城里就有这么个男孩，跟玩伴们一起去基督兄弟圣会，过着快活似神仙的日子。他像所有男孩那样在路上甩荡书包，爬树摘取头一批马栗四处投掷，就像男孩们过去常干的那样，只要马栗树继续开花结果，他们就会继续这么干。然后有一天，他不小心射砸中了一位老师的车，那名瘦高个老师脾气很坏，他一言不发地停好车，走进学校。这个教学日一切如常，直到他走进男孩所在的教室，男孩一整天都冷汗涔涔，就等着被报复，不断祈祷这事已经被抛诸脑后。但瘦高个站在门边说了一句话，令他的希望破灭：我想找你们中的一个男孩借一步说话。教扔马栗男孩这个班的女老师只说了一句，快去，快跟克兰查特先生走。克兰查特先生将男孩推到墙沿，摔到地上，猛踢他的肚子。从那天起，这个男孩对任何宣称有权驱使他的人失去了敬意，他不再天真烂漫。

曾有个打曲棍球的男孩，球技前无古人，跑起来几乎脚不沾地，灵活的身法甚至不像人类，能够用技术将对手耍得团团转。在一场他不断得分，最后被光荣地抛向空中的郡决赛后的第二天，他带着一根绳索走进他父亲的干草棚，把自己吊死了。他为何对自己毫不心慈手软？还没活够十七年，他无法在这个宇宙找到人生的目标，找到活满人生七十载及获得命运可能的额外馈赠的动力。或者，比他所给予自己的时间再活久一点。到底他妈能有多糟糕呢？主啊，怜悯这个男孩吧。

曾经有个男孩开着货车为乔斯·麦格拉斯送货，干得十分出色。他总是从头到脚蒙着一层煤灰，看他从私人车道开车出来总是一幅滑稽画面，他黢黑的身形上只有眼睛和两颗门牙闪耀白光，而他永远、永远都在微笑。

曾经有个男孩，在一个清晨离开了他的妻女，他女儿的人生第一周都没过半，而他满心欢喜、志得意满地开车去上班，然后在尼纳附近的道路拐弯处撞上了他的死神。

上帝保佑我们，上帝保佑我们，上帝保佑我们。

奇谈

也有快乐的故事；姥姥的奇谈。

西尔莎有时会躺在床上想着这些故事，想象她亲自将它们写下来，这样每个人都能读到姥姥少女时代的那些不可思议的往事。但没有姥姥的声音来讲述，这些故事可能会差点味道。像是那个有关鸡仔和她第一次领圣餐时穿的羊毛开衫的故事。她从前一年就完成首次圣餐礼的迪姆芙娜表姐那儿借来了连衣裙，但迪姆芙娜就算为了这样的日子，也不舍得借出她的蕾丝开衫。姥姥的父亲与兄弟都去了沼泽地里。于是她母亲说，来吧，我们拿六只小鸡仔卖给尼纳的丹尼·科斯特洛，就有钱给你在霍金斯的店里买件羊毛开衫了。你爸和其他人永远不会知道。

我们顺着乡间小道往下狂奔,去赶午间巴士,姥姥说,速度快到能撞上返程的我们自己。一人提着一帆布袋的小鸡仔。可巴士晚点了,当然,和往常一样。我母亲走到大马路上朝利默里克方向张望,看自己能否瞧见它,结果一辆大车停下来询问我们是否需要帮助。开车的男人十分严肃,于是妈咪突然间也一本正经。我**刺公**在切割**泥烫**,她说,否则他会用他的**牟偷车**载我们去。

总之我们上了车。我一向晕车,这次也不例外。大概在里格斯-米勒斯附近,我打开我的袋子,呕吐物向着鸡仔们迎头浇下,鸡仔们自然都弹跳出来,在那个男人的车里失控乱窜,把他的皮坐椅拉满鸡屎。等我们到了尼纳,你几乎看不见那位可怜先生了,因为他可爱的车里飘着一大团羽毛,还有呕吐物的碎块和鸡粑粑。但他对妈咪说,别担心,我会叫人来洗车哩。我当下号啕大哭,因为我以为他对妈咪说的是,我会叫人来洗劫你。妈咪向我作了解释,我的心情立即雀跃起来。丹尼·科斯特洛递给我们一张十元的票子和满满一把硬币来交易那些鸡仔。他对其中一个袋子的可怕状态未置一词。于是我们在霍金斯的店里买了我的开衫,还用零钱在奎格利的咖啡馆享用了茶和司康饼。随后我们搭巴士回家,清洗好搅拌器,赶奶牛回栏,在男孩们从沼泽地回来前准备好晚餐。没有人知道这事,也没有人问我的开衫是拿什么买的。只有我和妈咪知道。开衫和鸡仔老爸都没记过账。这难道不是一个很棒的故事吗?

母亲有时会在奇谈开讲时翻一个白眼,摇晃起脑袋。但她总还是听下去,在故事的末尾弯起嘴角。这就是姥姥唯一想要的。

工作

有东西用完了。

西尔莎搞不懂她们具体在聊什么,但她被告知待在外面,而后门关上了,厨房里布满烟雾和焦躁的细语。姥姥在说,没必要,艾琳,我有的是。母亲在说,不行,玛丽,不行,玛丽,我必须这样。西尔莎走去门口的大树下站着,社区里的小孩们都在这里扎堆。有个男孩子来自下面的湖滨路,比她大一岁——她是这么猜的,因为他在学校比她高一年级。她没法不去看他,看他璀璨的眼睛,看他刘海耷拉到额头侧面的样子。他似乎没注意到她,于是她推开琼斯家和沃尔什家的孩子,还有穿白裙子和褶边短袜、整洁干净的小洛蕾塔·克利里，在她意识到自己要干什么之前，已经铆足劲推了一把眼睛亮晶晶的男孩，让他摔了个屁股蹲。

他从地上抬起头，难以置信地看着她，然后哈哈大笑起来，笑得上气不接下气。听他号令的一群本社区的小孩纷纷瞪大眼睛盯着她。你有什么毛病？他问，同时把膝盖蜷到胸前，用两条手臂环抱起来，仿佛在说他本就打算坐下，这些对他来说都一样。她十分希望说出一句俏皮话，一句机敏的话，一句极具破坏力的话，能令他感到渺小和被忽视，一如她在看向他的眼睛，他的头发，他牛仔裤膝盖处的破洞，他却张望着除她之外的任何地方。她所听到母亲谈论在移动图书馆分发图书的男人时说的那句话不经意浮现在她脑海里，她听到自己对摔倒的男孩说，你他妈是个矫揉造作的小屄子。

然后这男孩又笑得震天响，他一跃而起，扫干净灰尘，整理好刘海。西尔莎感觉有人在背后轻轻推她。她猜是乌娜·琼斯，这个女孩总是对她有点意见，在他们玩"斗牛犬"游戏，从山上玩到下面大路的尽头时，琼斯从不追逐她，仿佛当她不存在。

我最好别去招惹你，男孩说，否则鲍迪·艾尔沃德会从山区下来卸掉我的膝盖骨。还是说,他已经进监狱了?滚快,西尔莎大吼,然后转身回家。她听到他在身后说,我只是开玩笑,嘿,西尔莎,我只是开玩笑。听到她的名字从他嘴里说出来,她感到毛骨悚然,却不知为何。

烟雾消散,门开了。姥姥和母亲沉默地坐着喝茶。争吵结束,母亲要去上班了。

赌注登记人

结果还不赖。

母亲十点上班,因此可以搭乘早晨九点半的巴士,然后在下午两点下班,在西尔莎放学前回到家。无论情绪高涨还是低落,母亲都表现如一,只不过她每天都化妆。西尔莎吃早饭的时候,母亲会花很长时间盯着起居室镜子里的自己。

她在赌庄工作,赌庄是下注庄家[1]的简称。西尔莎想

---

[1] "赌庄"原文是 bookie,"下注"庄家原文是 bookmaker,都含有"编辑"和"做书人"的意思,因而让西尔莎产生下文的联想。

象母亲小心翼翼地以正确的顺序安放书页，将它们的一端用胶水粘到封面上，而其他人则绘制封面插画。写书人就站在旁边等待，他的怀抱里高高摞起一本本故事。虽然，她知道母亲并不真的制作图书。下注庄家跟赛马有点关系，西尔莎在电视上见识过赛马，那是地球上最最无聊的事情。她搞不明白这个世界为什么试图让自己变得如此神秘莫测，为什么事物被赋予如此令人误解的名字。

母亲周六也上班。一个周六，她与姥姥在奎格利的面包房等母亲下班。咖啡馆五点关门，赌庄也一样。距离五点还有几分钟时，姥姥说，乖孩子，快去隔壁撒泡尿。赌庄的墙上没有窗户，也没安大门，只在高处有一块横贯整个墙面的不透明玻璃板，在本该安窗户的地方钉了块金属铭牌，牌子上是一幅画：一匹马跳过栅栏，一位穿白绿色衣服的骑师倾身贴近马的脖子。

西尔莎打开门，看到母亲在店铺最里一个高高的柜台后方，台前聚集了一小簇男人，都仰面望着她。一个光头男在柜台后与母亲贴身坐着，向前弓着腰，看起来是在点数，因为他的手与嘴正配合着运动。那群人里有一个让自己够到母亲面前，手里高举一张纸，大声嚷了句什么,引得其他男人哄堂大笑。母亲伸长左手,从男人手里接过那张纸,同时右手扬起,画出一道很宽的弧线,啪地扇在那男人的脸颊上。点数的光头男瞥了一眼,摇了摇头,继续回去点数。母亲查看起那张纸,那个被掌掴的男人捂着脸从柜台退开。周围的男人们又吼又叫,笑得浑身抖个不停。干得好,艾琳,其中一人大喊,转头面对他那被扇巴掌的朋友,他说,耶稣基督啊,弗兰克,你肯定还没笨到要对污岛来的人回嘴吧?

探视

一个周日下午,一辆老旧的黑色轿车驶入车道。

母亲从起居室的窗户向外望,然后一边踉跄地后退,一边说,噢,不,仁慈的耶稣啊,不,仁慈的耶稣,不,不,不。西尔莎正躺在沙发上自己杂乱的衣服堆里,无精打采地琢磨着路上出现的人是谁,是不是值得出门瞧瞧,是否有必要换身衣服以防草地上即将开演一出好戏。她还有功课要做。中学的回家作业笼罩了整个周末,她在对作业的极度恐惧与完成它之间左右摇摆。母亲夸张的举动吸引了她,但仅仅勾起一丝兴趣。那是谁?

母亲没有回答，却突然尖声嚷道，回楼下卧室去，现在，快他妈回楼下的卧室去，穿上长裙或者牛仔裤之类的，总之盖住你该死的双腿，快去，**现在**！母亲突然出现在她身边，拽住胳膊拖她起身，然后推着她穿过厨房的门，再走过厨房，朝卧室去。坚定而响亮的三下叩门声，声音在房间里回荡。母亲抽抽搭搭地低语道，噢，耶稣啊。西尔莎看到她眼含泪水。妈，到底发生他妈什么了？但母亲未加解释，只是说，闭上嘴，别说话，穿好长裙，在我叫你之前不要在房间里弄出任何动静。

一个大块头男人，像神父一样黑衣黑裤，但在绷紧的马甲下穿着白衬衣，虽然气温适中，却有一件厚重的外套。一个芦苇杆似的瘦高女人，也穿着同样的深色衣服，站在厨房里。西尔莎能听到他们的声音，低沉而坚决，字斟句酌，每个音节之间都有漫长的停顿。母亲的声音也压得很低，声调毫无波澜，音量越来越小，似乎已将能量耗尽。通过从门缝里窥见的门厅处的倒影，西尔莎看到男人摘下帽子，母亲的声音变得清晰，她将音调拉高了。只听她边笑边说，爸爸，你的头秃得像颗鸡蛋！

接着是芦苇杆女人开口，嗓音尖锐，像米歇尔修女一样优雅，但更尖细。他怎么就不能像你说的秃成一颗鸡蛋？这些年来，这个可怜人为了你扯光了头发，基本上夜不能寐。想到你在这个——这个地方，他还从未见过自己孙女哪怕一面。于是母亲大喊了一声，**西尔莎！过来！**然后她走出来，从她女儿的卧室将女儿拖进厨房，站在女儿身后，一双手还牢牢抓着女儿的两条大臂。这两个陌生人一言不发地看着她，大块头男人的脸庞透着慈祥和诧异的表情，干瘦的女人噘起嘴，神态傲慢。现在母亲轻轻摇着她说，瞧瞧，好好瞧瞧我的漂亮孩子。

知识

这世上的一切无法悉数知晓。

人们的心理活动是怎样的呢?为何人们会坠入爱河,又互相争吵。母亲说,从见到西尔莎父亲的那一秒起,就爱上了他。这不可能,但母亲坚持如此。她还坚持说这世上没有哪个男人像他那么好,那么勇敢,那么英俊。随着年龄的增长,西尔莎能用更多的专注和热忱去研究壁炉周围的照片,看她能否在他的眼里,在他的鼻头、嘴巴和下巴的皱纹里,找到母亲和姥姥所说的特质,看她能否从他的照片里领悟到他的伟大,或是唤醒她体内的某种潜质,某种沉睡中等待被搅醒,然后加以利用，使她也能像她父亲一样被宠爱的特质。

她对自己能淡然处之感到不可思议。她好奇母亲眼眸背后和过往身世里存在的东西。为什么西尔莎不好奇为何自己从未见过这些人？她将母亲的童年、少女时代和成人之初的光阴装进一个鼓囊囊的小盒子里，一尘不染，未经触碰，就那样遗留在她的想象世界。那里毕竟没有什么秘密，有的不过是一次争吵，无须对这个完整的术语再作延伸，就是争吵。母亲有天去了尼纳城，她与西尔莎的父亲在营房街偶遇，他向她问好，她也回以一句问候，这样细碎的交流滚雪球般扩充成一场谈话，一段恋爱，最终步入婚姻，引向一个孩子的出生，直到上帝从天堂伸来那无所不能的手，给这位英俊善良的男人策划了一个暴毙的终局。只有上帝自己知道原因，质疑神圣权威从来没有好处，不过等一下。

等一下。照片底部标有日期，用白色的字迹写就，数字字体向前倾斜。这串数字一直都在那里，她已经烂熟于心，但她从未想到，那正是她父母的结婚日，一九八二年十月一日，四个月又二十二天后正是她出生的日子，而现在她已经成长为亭亭少女，直到这一刻，所有信息才在她的脑子里拼合完整。为什么会有那次争吵。

为什么她之前从未见过这些人。他们以她母亲为耻,以她为耻,以及她死去的父亲,她亲爱的姥姥,还有她一个是惯犯另一个是笨蛋的叔叔们。他们开着老旧的豪华汽车来,似乎是想提醒母亲他们感到耻辱。他们离开后,母亲哭了一整天。

保护

一个初秋的傍晚,西边正映着黄色的霞光,一位红脸颊的女士来造访。

女士矮胖身材,留着卷曲的短发,将扣子紧紧扣到领口,似乎要窒息了。母亲请她坐到餐桌旁,女士将一个褐色的公文包抬到桌子上然后打开,弄出两声响亮的咔嗒。

姥姥站在炉边,母亲拖回一把椅子坐下,开口说,这是怎么啦,康塞普塔?你可以跟我照直说。姥姥突然做了祈祷手势,这是一个可靠的信号,说明前方有威胁或危险,至少被感知到了。这就是西尔莎吧,是不是?

女士冲她点点头问道。你清楚得很，母亲粗鲁地回答。不然还能是谁？女人的脸更红了，她说，她看着比实际年龄小，不是吗？她有十二了？她十四了，母亲说，这个你也清楚，康塞普塔·奎尔科，你的公文包里不是有一份文件写明了我家孩子的所有情况吗？行了吧，女士，别废话。

康塞普塔·奎尔科？姥姥突然开腔。你是诺妮·奎尔科的女儿？是的，女士说。那你干吗要跑进别人家对他们进行折磨呢？你还没结婚吗？我结婚了，红脸女士说。我已经结婚五年了。那你还不回家照顾你丈夫，别再没事找事。这是我的工作，女士说。现在西尔莎的好奇心已经冲到顶点，她迫切想知道这位女士是谁，她又准备对人们实施什么酷刑。她发现自己很欣赏姥姥的盘问和母亲送给这个女人的笑脸。母亲吸了一口烟，朝女士的脑袋吹去一缕细烟。她能感觉到母亲很鄙视这个短发矮胖女人的轻浮优越感。

继续啊，母亲说。告诉我，康塞普塔，你在盘算什么？这次你带来了怎样一封用涂毒的笔写下的信函？说我是妓女，还是杀人犯，还是军火走私者，这次又是什么？听着，听着，女士说，没有必要这样。没必要个屁，母亲说。来吧，康塞普塔，快点搞完。《加冕街》[1]十分钟后开演。

事关母亲的工作。有指控说，西尔莎，一名未成年人，其单亲母亲在尼纳的桑顿赌庄工作时，她被独自留在家中。母亲从手提包里取出一张纸。这是我的工作时间表，康塞普塔·奎尔科。我只在学校上课时间工作。她祖母在周六照顾她。没错，姥姥说，现在回家去，给你的丈夫做晚餐，康塞普塔·奎尔科，当你今晚跪下祈祷时，请求上帝的原谅吧。

---

[1]《加冕街》(*Coronation Street*)，英国电视剧史上最长的剧集之一，一九六〇年开播至今，主要讲述劳工阶层生活的方方面面。

恐惧

这事还没完。

母亲被信函召唤去了尼纳，被迫在当地医院的一间办公室里独自等待。与此同时，西尔莎由一位看起来至少跟姥姥一般年纪的女士带去一间房里。嘿，小宝贝。她们穿过天花板装有长管型电灯的走廊，其间她不停这么说，嘿，小宝贝，这边走。

房间里坐着康塞普塔·奎尔科。自她造访后过了几周，她似乎变得更年轻也更苗条了，又或许她只是在自己的领地上感到更舒适，因为没有姥姥责骂她，也没有母亲朝她的脸喷烟。她没有满脸通红，也没穿厚重的外套并扣上所有扣子。她穿着一件白色的泡泡袖衬衫，涂了口红和眼影。她对西尔莎投来微笑，开口之前对她注视良久。

听着，西尔莎，你必须讲实话。你有过被独自留在家里吗？没有。你在自己家里有被介绍认识令你感到不安的陌生人吗？没有。你有没有一觉醒来发现你母亲去上班了，或者就是离开了家？没有。你母亲招待[1]过客人吗？这话是什么意思？

她将母亲想象成一名秀场歌手，或一位魔术师，穿着缀亮片的表演服、渔网袜和高礼帽为人们表演，转动指挥棒翩翩舞蹈，从帽子里拔出兔子，一排观众坐在沙发、扶手椅和餐椅上拍手喝彩。意思是，康塞普塔·奎尔科说，你母亲曾邀请朋友上门喝点东西，又或许吃一顿饭，又或者有没有人曾留下过夜。没有，没有！母亲讨厌大多数人！

她讨厌大多数人？对，而且她真的很他妈讨厌你！她说我父亲告诉她，你上学时是个该死的假正经肥婆，所有人都嘲笑你，你八岁就穿奶罩，每个人都叫你作奶

---

[1] 原文 entertain 也有"娱乐"之意。

子奎尔科。上次你离开我家的时候,我的姥姥和母亲嘲笑了你足足一个小时,姥姥说你丈夫有条瘸腿,一对死鱼眼,脑袋还进了水!

西尔莎听到自己在脑子里尖声喊出这些话,但她的嘴没有张开,声音根本无法释放。她感觉掌心很疼,这才意识到她将指甲抠进了肉里。康塞普塔·奎尔科正看着她,问她为什么在哭,即使心里清楚也无法回答。她在哭,是因为在这间办公室里,面对一名以保护儿童为职责的女人,她人生头一次感到害怕。西尔莎·艾尔沃德的人生过去了十四年又九个月,她才初尝恐惧的滋味。

开除

她推倒的那个男孩被学校开除了。

他的故事里她最喜欢的一个地方,是他没有对此自吹自擂。他只是靠在社区正前方的草地与马路之间的篱笆柱子上娓娓道来,社区的孩子们围拢过来望着他听他讲。西尔莎推开人群钻到前排,中途被乌娜·琼斯用瘦巴巴的胳膊肘顶了下身侧,她便回踢过去,感觉跑鞋鞋底擦上了乌娜·琼斯的胫骨,身后传来一声尖厉而惹人厌的声音,那是乌娜·琼斯的低语,小贱人,你妈是妓女。

他的名字叫欧辛。多美妙的名字,听起来像破碎的浪花。他一边说自己的故事，一边进行角色扮演。好像是我们第二还是第三次由这个鸡巴来教法语。我甚至不想学他妈什么法语。结果他直接走到我的座位旁说，给我看看你的书，翻到我们讲的那一页。我没有书，我妈还没给我买。于是我说，我没有书。他扯住我的头发，就这儿，脖子后面，死劲拉扯，我殴打这鸡巴不过是出于疼痛的剧烈反应。有人对你那么做过吗？西尔莎这才意识到他正对她说话。可乌娜·琼斯抢答了，对，贝内迪克特修女**总是**扯我们的头发，她是个该死的泼妇。但欧辛只是报之一笑，回头又看向西尔莎，接着说，我现在要回家了，我退学后爸妈都他妈发了神经，他们找来神父，就是为了跟我聊聊。嘿，西尔莎，你想跟我沿着马路走走吗？

想干你了，乌娜·琼斯说。干你，琼斯，西尔莎说，敢叫我妈妓女，等我回来你死定了。随后她跟随男孩去了湖滨路，他们沉默地走下小丘的缓坡，她琢磨着既然他不打算跟她说话，又为什么邀请她与自己一路同行。你多大了？他终于开口。我十五岁，她说。她不知自己为何要虚报一岁。噢，这样的话，我们同岁。不，实际上，我十四岁。你干吗撒谎？我不知道。

他牵起她的手,他的手冰凉。他紧紧抓着她的手,却不看向她。你是个有趣的家伙,西尔莎·艾尔沃德,他说。谢谢,这是她能想到的唯一回答。他们走到码头,坐在水边,脚趾头贴着水面。过了很久,他温柔地吻了她的面颊。谢谢,她再次说。

安息

历经人生十五载后,她才见到母亲的家。

那里被赋予"污岛"之名,母亲说是因为每个人都嫉妒它,无法忍受看到我祖父这么一个异乡人把它经营得红红火火。继承一间农场又不是他的错。他曾去过英格兰的利物浦,在码头上做苦力。他带回来一名英国妻子,我的祖母,还有两个双胞胎男婴。他们已经去世了,我的大伯们,愿他们安息。他们都在年轻时早夭。但我的祖父母搬到这里后,又生了三个。在那个时代,这样的家庭算小的,不是吗,玛丽?姥姥表示赞同,是的,没错,特别是对负担得起的大农场主来说,想生多少生多少。驾驶座上的克里斯插话：养崽子跟买股票一样。噢，闭嘴吧，姥姥说，你又知道个屁。克里斯继续开车，涨红着脸沉默不语。

令这个农场和教区摊上污名的岛屿坐落在一小片湖泊的正中央，湖边的小山上有一座古老的三层楼房，那是母亲童年时的家。这座岛是个驼背，不骗你，呈黄褐色。克里斯将车停在院子里距房屋较远的一端，站在那里盯着小岛看。姥姥嘘声催促他往前走。

铺鹅卵石的院子和屋里的各个房间都挤满了人，他们拥有相似的特质，讲话与走路的方式都是西尔莎所熟悉的，因为这就是母亲讲话和走路的方式。他们有些跟她握手，说一些像是啊、瞧瞧、这是谁啊之类的话。鼎鼎大名的西尔莎。她瞧见她母亲跟一个看起来像她孪生姐妹的女人拥抱，一名更年长的女性站在旁边看，嘴角耷拉着，等拥抱结束立马转身离开，仿佛要逃离任何与母亲互动的可能。

母亲站在她从小到大生活的客房里，西尔莎站在她身后。她上次见过的黑衣秃头男子站在对面，他们之间躺着他的妻子，永远安息了。她的颧骨高高撑起青白色的蜡状皮肤，她的嘴唇抿成一条细窄的直线。她的玫瑰念珠是淡蓝色的，盘绕在手指上，她的手指看起来像被胶水粘到了一块儿。噢，妈咪，母亲一遍又一遍呼唤着，噢，妈咪。那个秃顶男人，西尔莎的祖父，说道，行了，行了，她得偿所愿了。我们总有一天会再次见到她，如果上帝愿意的话。我们会再见到她的。

老爸，你为什么没告诉我她快死了？我不知道，老人家说。你难道不知道她能那么守口如瓶吗？艾琳，你难道不知道她有多顽固？顽固，母亲说，顽固。老爸，为什么我们都如此顽固？也许我们就是如此，我猜，老人家说。请上帝宽恕我们的罪。

岛屿

这一天绵延不绝，没完没了。

她站在狭长的客厅中由一群陌生人组成的半圆形阵列里。一队曳步而行的吊唁者缓缓从身边经过。有些人停下来询问，让我瞧瞧这是谁？你是某某的女儿吗？有些人被她的回答震惊得双目圆瞪：我是西尔莎·艾尔沃德，艾琳的女儿。姥姥和克里斯留守在厨房一个阴暗的角落，等待仪式结束。

有个男人从陈尸室的远端走过来说道，跟我来。她想找到母亲，但不见人影。男人温柔地抓着西尔莎的胳膊，领她穿过前门，走过院子低洼处形成的两个巨型水坑之间的狭窄堤道。他走到一面墙前，指着下方的湖泊和中央的岛屿。他告诉她，岛屿的形成源自一批批冲积土，它们穿过农场其他地方的沃土后，似乎再从湖底喷涌上来。她突然认出他是母亲的兄弟。理查德，就是给樱花树拍照的人。毒舌的理查德。

每年夏天我们就住在那边，我和你母亲。我们是岛上的国王与女王。我们曾制作伐木舟，在户外露营到半夜。西尔莎看着他的侧脸。他相当英俊，乌黑的头发从前额向后梳。他的鼻子带点鹰钩，深色眼睛，浓密的睫毛。那是她母亲的眼睛。然后他又顺着通向铺鹅卵石院子的一条青草小道指去。我的父母亲手建造了那边所有的棚屋、板条房和挤奶房，千真万确。他们用铲子挖出地基，架设钢筋，浇灌水泥，亲自砌上每一块砖头。就在他们结婚不久，我母亲，上帝保佑她安息，从她父亲那儿继承了那边沿湖的一块狭长土地。于是我们扩张到了东边。然后附近的无赖和废物们就开始把整个地方叫作污岛，全然出于嫉妒和怨恨。他转身面对西尔莎，深色的眼眸与她对视，压低声音近乎耳语地继续说。

你母亲伤了我父母的心。她是个荡妇。你知道这个词的意思吗？西尔莎能做的只有点头。对于从喉头升上来的疼痛和脑袋里的嗡嗡响,她无能为力。去厨房里,集合你的姥姥和那个白痴叔叔,我会把你母亲送过来。走的时候好好再看一眼,因为你再也不会见到这个地方了。听明白了吗?

她又一次呆呆地点头。她感受到全世界的卑鄙与悲伤从四面八方袭来,沉沉地压在身上。

虚弱

姥姥的身体状况急转直下。

事情发生在田边树篱的一处缺口，那本是她在晴天当捷径来走的。她跳下低矮的台阶，落在对面时发生了事故。基特·格拉德尼恰巧经过她身旁，因为那天早上她正好在草场上照料一头断奶的小牛犊。她注意到玛丽·艾尔沃德坐在草地上，意识清醒但身体麻木，四肢只能稍稍动弹。基特跑去草地另一头找埃伦·杰克曼，埃伦给城里的哈维医生打电话。两个女人半扛半拖地将姥姥带到艾伦家，安置在前屋，等候医生赶来。

她遭遇了一次小中风。准确讲，是暂时性局部缺血。在利默里克的圣约翰医院里，姥姥端坐的病床上缓慢又骄傲地对母亲、西尔莎、克里斯和基特·格拉德尼说出这个古怪陌生的词。基特作为姥姥的救命恩人，觉得自己责无旁贷，放弃了九日连续祷告和瞻仰圣特蕾莎的遗体，来医院照顾姥姥。西尔莎不愿去想姥姥与另外三个看起来行将就木的病患待在同一间滞闷的无菌房里。但姥姥似乎乐于接受场景与环境的转换，还声称她被这里万分温柔的医护人员照料得极好。

姥姥看着基特·格拉德尼，这位新近守寡的邻居和老友，伸了一只手过去，抚在基特的手上。感谢主，基特·格拉德尼。是帕迪让你去草场找到我的，这一点毋庸置疑。这老伙计仍在草场流连，直到你与他在天堂相会之前，他会一直在那里。等我告诉你，早些时候有位医生走进病房，他是我见过个头最大、皮肤最黑的医生，我敢发誓，穿门向我走过来的是亚历山大·埃尔姆伍德。他的嗓音同样温柔，只不过口音很重。非洲口音，我猜。

听到提及她去世七年的继子，基特·格拉德尼笑了。西尔莎望着女人的眼睛，悲伤、幸福与纯良交织其中。而姥姥，虽然躺在低处，却似乎突然出现在某种高悬的、事件中心的位置。她对基特说，我问他，你那个地方的所有可怜灵魂都已远离饥饿和病痛了，你还来这里做什么？你更迫切的任务难道不是照看好他们吗，现在却为了我这样的人给你自己找麻烦。

基特·格拉德尼翻了个白眼说道，玛丽·艾尔沃德！我希望你没这么说！现在姥姥似乎完全恢复了元气，她大声笑着，我说了，我说了！

理发师

欧辛的父亲是理发师。

他使用类似夜枭的叫声来断句,呼,呼呼。在他的后街小店里,一共没几根头发的老头们快乐地坐在一排等候着,这令他花哨的动作,疯狂移动的影子,尖声尖气、层出不穷讲着笑话的嗓音十分不合时宜。嘿,等我给你讲那个神父的故事,呼,还有那个妓女,呼呼,还有驴子,呼,噢,小心,等一下,他在这儿,我的叛逆小子和标致的艾尔沃德小姐,哈啰,呼呼,两小无猜,呼,挪到凳子那边去,男孩们,让这位女士坐下。你们打算上哪儿去?图书馆吗,我希望是?不是?游戏厅?

什么？呼呼！噢，小伙子们，青春重现呐，被学校开除，天地自由任你闯！

他停下手上的活，直起腰，刷净被他剃成光头的男子皱巴巴的后脖颈，同时微笑着跟西尔莎打招呼，然后开始在他站着的地方跳起鬼步舞，逗得她哈哈大笑。呼呼，呼呼，多希望我能重返少年时代，呼呼。可他做不到，西尔莎心想，已经那么老了。虽说他最小的孩子欧辛才十七岁，但欧辛还有一个年近三十的哥哥，因此理发师肯定五旬有余。他从白色外套的口袋里掏出两镑的硬币，一个子儿一个子儿地抛给他儿子，后者敏捷地接住。去吧，儿子，他说，好好招待这位女士。

卑鄙的杂种，在走去台球房和游戏厅的路上欧辛说道。西尔莎认为这么说不公平，她如实相告，她说他看起来是个和蔼可亲的父亲。真的如此吗？真的吗？欧辛放开她的手，脚刚踏入通往游戏厅的拱廊便停了下来。这里阳光照不到，空气凉爽。他们是一条窄路上的两道影子。你对父亲能有什么见解？

西尔莎再次感受到挤压的力量，世界正在坍缩成紧凑的一小团，一个由卑劣与不公编织而成的结。她感觉心脏在胸腔里荡漾了一下，这突然而至的恶意令她震惊得心跳漏了一拍。他紧贴她站着，倾身靠近，前额几乎碰到她的。对任何事，你西尔莎·艾尔沃德，能有什么见解？她第二次推了一把他的胸膛，但这次他没有摔倒也没有大笑：他从拱廊对面伸手过来，抓住她套头衫的前襟，猛地向下拉，于是她向前踉跄了几步。她再次推了他，然后逃跑，跑进阳光下，穿过银街，沿着米切尔街跑到赌庄。她站在一团烟雾里等待，与此同时，她的母亲，她美丽的母亲，扯着嗓子念出那些赔率。

月光

鲍迪即将出狱。

我们不能继续说警察的坏话,姥姥说。他们也不得不同意,否则鲍迪与其他人早就烂在监狱里了。想想看,这会令他们多么痛苦。对我们来说,这难道不是最美好的周五?为了风风光光地回家,他们从埃伦·杰克曼手里借来了车,安排克里斯开车去莱伊什港的监狱。自从她老公卢卡斯出车祸成了植物人之后,这辆车几乎没再用过。克里斯在去接他兄弟的前一晚,将车开进姥姥的院子。他在车里坐了良久,望着复杂的按钮和仪表盘,琢磨这些都是干什么用的,他感觉自己是个举足轻重、备受重用的人物，被这辆马力十足、铺着皮革的车所信赖，还被委任去接他那位兄弟。根据斯卡迪·柯林斯及许多活动家、改教者和狂热分子的说法，他兄弟被称作战俘。

姥姥说，瞧瞧他，相比他唯一活着的兄弟即将获得自由，驾驶漂亮汽车更令他兴奋。我在想是否该跟他一道去。不，不，这么做才是对的。我们不能一同目瞪口呆站那儿看着那个可怜男孩呼吸作为自由人的第一口空气。况且那儿可能聚集了新闻记者，如果被拍下照片，我们会在全村人面前出洋相。

克里斯趁着夏日初升时出发，他和车身都涂上了不少取自圣井的水。母亲和西尔莎打算在十一点出现在屋外，如此一来小伙子们一回来就能在场。但正午来了又去，没有归来的迹象。姥姥跪下祈祷。请把他们送回我身边吧，仁慈的耶稣。她求助于圣裘德和圣安东尼，还有所有使徒和天兵。这一天拖拖拉拉到了晚上，中午的三明治变得冷硬，卷起边儿，而晚餐的豪华荤菜尚未下锅。姥姥因为害怕而噤声。她在院子里一圈圈踱步，穿梭往返于粮食围场，捻着念珠安神。西尔莎和母亲提议给监狱打电话。不行！姥姥说，而后再度沉默。

月亮高悬，星辰明朗。卢卡斯·杰克曼的车终于在乡间小路的尽头现身了。副驾驶座上空荡荡。西尔莎、母亲和姥姥站在敞开的前门入口。姥姥这会儿呻吟起来，他在哪儿？噢，上帝呐，我的孩子在哪儿？克里斯从驾驶座上起身，打开后门，给他的母亲、嫂子及侄女展示他安全载回家的珍贵货运——他的兄弟，在皮座上躺平了，鼾声连连。浓重的酒精味蒸腾起来，飘出窗外，飘进院子，扑向院中人和沉静的、洒满月光的大地。

命运

结果还是登了报。

《爱尔兰独立报》上豆腐块的一篇，登载了最新一批囚犯释放名单，上面有鲍迪的名字和大头照。照片里的鲍迪脸上青肿，但模样英俊，上嘴唇的一角肿起，像在冷笑。校车上，布丽迪·弗林说，你叔叔在报纸上看起来帅极了。她之前从未跟西尔莎说过话，一向只跟梅洛迪·基奥形影不离，似乎对她俩之外的世界无动于衷。在校车上和在市中心的午餐时间，小伙子们给她们起了各种绰号，都是些矛盾的、诽谤的、肮脏的字眼，只有十几岁的男孩才想得出：撩鸡达人、女同志、阴蒂匪帮、性冷淡圣女、荡妇、怪胎、骑跨者、美味甜心、邋遢鬼、美人、臭骚货；使用哪一个取决于特定时候的氛围和热度，以及来自哪片翻飞的嘴唇。不过梅洛迪开始转投帕特·席伊的怀抱，后者来自时髦圈子，于是也跟着进入受欢迎的高冷世界，把布丽迪·弗林撇在一边。现在她跟西尔莎并排坐在校车上，从坐椅里半转过身子，能够仔细看向西尔莎，她在问，他现在什么样？他在监狱里文身了吗？他还属于爱尔兰共和军吗？

西尔莎耸耸肩，打了个呵欠望向窗外，假装没有因这个古怪女孩的接近，她的铁青色皮肤，炙热的眼神而感到兴奋。周五晚要不要跟我一起去修道院城堡？西尔莎又耸耸肩。你能问问鲍迪想不想来吗？不，西尔莎说。他都快四十了。他能跟少女们在修道院里他妈干什么？耶稣啊，我不知道，布丽迪·弗林说。我就想跟他说说话，问他是如何挣扎的，你知道，内情。没有挣扎，没有内情。他藏了一些枪在干草堆里，被逮到了，仅此而已。

但布丽迪·弗林未被西尔莎对鲍迪壮举的简化版描述和她故作冷漠的态度劝退，她眼睛直直地盯着西尔莎，再次靠近，几乎碰到了她。她散发出混合着宝路薄荷糖、发馊的汗味、润唇膏和恶心的甜腻除臭剂的味道。我总有一天会写一本有关这个教区的书，布丽迪·弗林说。你叔叔鲍迪会成为一个角色。我也会把你写进我的书里，还有你母亲。她太漂亮了。你知道吗，他们在整个玫瑰经吟诵会上都在谈论你的母亲？

你能走开吗？西尔莎说。她内心对布丽迪的泰然自若，她明确而笃定的抱负产生了炙热的嫉妒。成为一个作家。书写**她的**家庭！我会走开的，布丽迪说，只要你承诺周五晚上跟我去修道院城堡。西尔莎叹了口气，翻着白眼说，行吧，耶稣啊，行吧。于是布丽迪·弗林说，谢谢。在那一刻，她们的命运相交，并永远地绑在了一起。

领地

修道院城堡里挤得水泄不通，于是保安进场把这里关闭了。

反正乐队表演也进入尾声，城里的男孩们开始对着乡村男孩扭动身躯跳起舞，一瓶酒传来递去，纠缠的肉体在湿乎乎的地板上起伏，涌动。外面凉爽的空气里，布丽迪牵起她的手，穿过城镇，往城堡的地界走去。有些布丽迪认识的男孩坐在教堂与城堡领地之间的矮墙上，互相传递着一根长长的卷烟。布丽迪穿着马丁靴，上身是涅槃乐队的蓬松T恤，下搭紧身短裙。她埋怨西尔莎只穿着牛仔服。在其他人喋喋不休，对于女孩们的到来跃跃欲试，相互间争当阿尔法男，并恐慌于机会渺茫的五男二女的失衡比例时，有一个男孩只是安静地待着，他的黑发留至肩部。西尔莎早前见识过这样的场面，一些男孩狂热地手舞足蹈，如雄孔雀求偶般慌乱。他们中的一个开始攀爬城墙，一直爬到城门的拱顶上，坐在那里向下俯瞰，一边摇晃双腿，一边吐着唾沫星子，嘴里念叨，嘿，给我扔一根烟上来，我是城堡之王。但他的同伴们充耳不闻。其中又有两个男孩开始在潮湿的草地上摔跤，同时第四个男孩开始对布丽迪说她有多美，说她令自己想到科特妮·洛芙[1]。但布丽迪没有被打动。她讨厌科特妮·洛芙。她一点也配不上科特。

第五个男孩靠墙坐着，正在抽大麻烟的烟屁股。他递过去让西尔莎来一口，被她拒绝。于是他说，我能陪你走回家吗？他的嗓音有些沙哑，使用城里人那种拖音。有四英里呢，她说。况且，我叔叔会来接我们。于是他点点头说道，那我们还有半小时。半小时来干吗？来互相了解，他转头对着她微笑，脸上浮现出过分自信

---

[1] 涅槃乐队主创科特·柯本的妻子，也是一位歌手。

的表情，刻意练习过的痕迹稀释掉了她见他第一眼所感受到的吸引力。互相了解，她压低嗓音，拉长音节来模仿他。真是个毫无情调的委婉说法。你会对所有女孩这么说吗？于是他大笑着离开，将烟蒂朝他的朋友们弹去。现在他们都筋疲力尽地躺在地上，其中一个掐着另一个的脖子，他们的腿缠绕一气，仿佛恋人们拥抱入睡的姿势。爬上城墙的攀登者正在寻找帮手帮自己爬下来。

她听到城墙远处阴影里布丽迪在说，干你妈，给我滚开，你个怪胎。然后她从阴影中现身，整理着T恤和裙子。那个男孩在她身后大喊，你个该死的骚货。女孩们赶紧逃离现场，边跑边笑，手拉着手。

危险

我从未想过你会这么厚颜无耻,母亲说。

我归咎于布丽迪·弗林。那个女孩很危险。裙子盖不住屁股瓣,每个毛孔都散发着邪恶。她被梅洛迪·基奥抛下后就拉你入伙。她别以为现在可以换你来蛊惑了。弗林家的大房子就在下面的湖畔,这样的高门大户有能力在她陷入麻烦时帮忙摆平。你不许跟那个人再上城里去。克里斯说,当他去接你时你都走不动道了,开车回家的一路上嘴里尽是些胡话。让可怜的克里斯每周五晚都去等你可不公平。

西尔莎听到她自己在发飙。克里斯就他妈爱这个。

他在薯条店外停好车，自己边吃汉堡边色迷迷地盯着别人看。姥姥表示反对。你别诋毁我的克里斯，小姐。他能确保你每周从那个该死的城镇安全回家已经够好了。每个周六他都累得像一摊烂泥。上周他做着弥撒就睡着了。我猛抽了他好几下他才醒过来，醒来就乱吼乱叫，给我们出尽了洋相。科特神父仍在看着我们。但姥姥收不住她的坏脾气。你向来是一个好女孩，西尔莎。难道不是吗，艾琳？这不是她的错，现在的年轻人都这样，整宿整宿地跳舞，城里简直无法法天。但我们不能把她关进笼子里，我们能做的是去信任她。

我不信任她，玛丽。我绝对无法信任那个弗林家的。但西尔莎现在被布丽迪·弗林迷得神魂颠倒，那双镶在眼影粉的中心宛如湖中岛的绿眸子，坑坑洼洼的黝黑皮肤，胳膊内侧回纹装饰般的疤痕，触目惊心的伤口，伤痕累累的美丽心灵，无不吸引着西尔莎。布丽迪是我唯一的朋友，她说。母亲用烟屁股又点了另一支烟。朋友个屁，她不过在利用你。她让你沦为笑柄，你俩在黄色大桥上等着搭便车进城时，就跟流浪汉似的，整个村子都在看笑话。

西尔莎感觉自己脱离了地心引力，悬浮在空中。她想把自己拉回来，但血红的卢比孔河[1]就横亘在她面前，她被顺着南岸的斜坡向下牵引，现在她张大嘴巴说道，瞧瞧，是谁在说话，是谁他妈在说话。你的亲兄弟跟我说你是个妓女，每个人都知道杰米·格利森的父母把他送去都柏林就是为了远离你。你的事我都知道，母亲。然后艾琳·艾尔沃德扇了她女儿，第一次也是唯一一次，重重扇在脸上，那张令她爱恨交织的脸。

---

[1] 卢比孔河是意大利北部的一条约二十九公里长的河流，西方有一句谚语"渡过卢比孔河"，意为破釜沉舟。

万神殿

布丽迪称他们为万神殿。

黄金神祇,闪闪发光。鲍比·马洪和他的女朋友池奥娜·科斯蒂根,还有跟随鲍比左右的小走狗,更年轻的帕特·席伊和装逼肖尼,以及帕特的女友梅洛迪·基奥和装逼肖尼当时勾搭的某个可怜无辜的小婊子,外加其他鲍比的追随者。他们总是聚在同一个角落,或者沿舞池一字排开,做着相同的舞蹈动作,每个人都竭尽全力去魅惑他们,挤到他们中间翩然起舞,用他们用那种弱智的四指加拇指的特殊方式握手。当某个城里男孩对其中一个女孩放肆无礼,或是对其中一个小伙子加以讽刺挖苦，双方就会大打出手。

　　从小学开始，布丽迪就是梅洛迪·基奥最好的闺蜜，如今，在她们的毕业考试年，梅洛迪为了加入万神殿，抛弃了她。而布丽迪变得形单影只，只有西尔莎作陪。她坐在一间满是瓶装蜡烛的房间里，用一把史丹利刀的刀锋利落地切开手臂与双腿的皮肤给自己放血，她把刀刃递给西尔莎，但西尔莎无法亲手刺破皮肤，她无法接受刻意的切割，整齐的伤口边缘翻开，然后再次闭合，就像鱼腮。她被布丽迪放血时的轻松态度，给自己刻痕时的机械和麻木震惊到了。

　　西尔莎知道，布丽迪·弗林说爱她的时候并非当真。你太美了，西尔莎，你是我最好的朋友。她有一本从法语翻译的诗集，她模仿轻柔的法国口音缓缓念出来，她刻痕的小臂仍在哭泣……**然而，亲爱的，只要你的梦境不曾反映地狱之火，只要在梦魇下，梦见毒药，挥砍的利刃，爱上火药和加农炮，害怕去应门，剖析苦难，被钟鸣声折磨，你就不会被无可抗拒的憎恶拥抱。**她停了下来，透过昏暗的烛光看向西尔莎所坐的卧室地板方向，睁大的眼睛充溢泪水，她说，这难道不是，这难道不是，就像是，将一切真相在同一时刻揭示出来？

这对你有所触动吗？西尔莎想点头，但悦耳的词句，布丽迪脸上明暗交织的光，烛光在她泪珠上的映像，她可以成为任何人的新认知，这些都令她呆在原地。布丽迪是谁，她说了什么，都不重要，如此状态下的布丽迪将自己坍缩成一个痛苦的黑洞，西尔莎，万神殿，不忠的梅洛迪，西尔莎死去的父亲，布丽迪活在世上的黑眼睛父亲，以及现存的万事万物，都在她的视界周围木然地旋转，丧失了光彩与形态。

孕育

她们在一起的最后一晚，分食了一片药丸。

刚离开男修道院城堡，一个骑公路摩托的拦下她们。你们两个女孩子想去见乐队成员吗？她们被护送到后台一间堆着成箱啤酒和瓶装烈性酒的绿色小屋内，乐手们在那里收拾打扮妥当了。他们是些脸上长着绒毛的愣头青，故意懒散地站着，假装不去注意女孩们的到来，试图扮演摇滚明星，或是装出他们自以为的摇滚明星的派头，似乎包括摊开四肢，耷拉着眼皮的漫不经心，慵懒的腔调，时不时盯着天花板，若有所思地猛吸香烟。舞台上的表现令他们从其他西尔莎见识过的乐队中脱颖而出，并不完全因为音乐本身，虽说音乐很棒——喧闹，反馈声音很糊，但副歌部分强劲有力，群情激奋——而在于他们之间的互动，他们表达的方式，拥有一种命中注定、即将封神的感觉。他们现在是自命不凡的青少年，而登上舞台，他们就向太空进军，化作星辰。

不过在这间阴湿、掉漆的后屋里，他们的光彩消散了。命令她们坐下的主唱所使用的美式鼻音显得滑稽可笑。更多的女孩被带入这间房。不断回收利用的气息，烟雾缭绕，汗水蒸腾，组成这个倒胃口的滞闷环境。西尔莎的脑袋仿佛跳动着，嗓子生疼。有人递给她一杯喝的，但她将其倒进污秽的水槽，换了一杯白水喝。布丽迪坐在吉他手的大腿上，西尔莎感觉她的大腿上也有一只手，是那个主唱，他拉着她穿过一具具汗津津的身体，人们对她眨眼示意，仿佛她参演了某部恶作剧。就在逃生门外，下着毛毛雨的冷冽夜晚，他将她拉至怀中，吻上她的双唇。她决定任他放肆，因为他的吻轻柔又老练：没有疯狂的吸吮或撕咬，也没有嘴唇与牙床的研磨，以及移动中牙齿间的可怕磕碰。

一辆车身写着乐队名字的厢车就停在附近，那带窗户的大型车,一扇侧门大敞着。他指了指车门,探询地挑起眉毛,然后他们再次接吻。她不得不说他确实是位接吻高手,透过耳朵的叮咛声和她与布丽迪分食的药片造成的残留不去的嗡鸣,她依然能够判断出他是个风趣的人。她随他穿过柏油路,走到厢车门口。她一心只想躺下,于是便躺了下去。他躺在她的身畔,他们手牵手酣然入睡。

离开

你为什么要抛下我?

西尔莎不知道这是不是在向她发问。布丽迪坐在十字路口一棵树下的草地上,那是一个寒冷的清晨,那里的村民都在搭便车回家。她两条胳膊紧紧环抱双腿,尽可能缩成小小一团。她光着脚,膝盖蹭破了,脚底血肉模糊。她摇晃着身躯,不愿站起来,不愿抬眼望。西尔莎甚至不确定布丽迪是否知道她就在那儿。

我没有抛下你。总之没有留你孤身一人。我跟主唱去了厢车里。你在跟吉他手调情。我在那边睡着了。我刚醒过来,就开始往这边走。耶稣啊,布丽迪,发生什么了？她的脸颊上有一处青肿，像是淡去的玫瑰文身，鼻孔处凝结了一圈血迹，左眼上有一道淤青。你的鞋都他妈去哪儿啦？布丽迪，你怎么啦？然而她从头到尾只有这一句，你为什么要抛下我？为什么？为什么？为什么？

我发誓，我没有抛下你，布丽迪。她听到有辆车停靠在路边，又听到一个男人的声音，来吧，布丽迪，上车。然后布丽迪从湿漉漉的草地起身，从橡树的树荫里走向惨淡的阳光下，然后上了她父亲的车。他的眼睛怒火迸发。他没有提议载西尔莎一程，看起来他甚至都没有注意到她。他盯着他的女儿，他的女儿直视前方。他的嘴唇嚅了一下，他的女儿也一样。西尔莎想到前几个学期出现在学校周边用迪美斯修正液涂鸦的话：**布丽迪·弗林跟她爹滚床单**。发动机引擎急不可耐地空转着，男人的音调这会儿拔高了，但由于风搅动橡树枝叶以及咆哮的引擎声，她听不清他的话。随后他们就开走了。西尔莎的腹部升起反胃的感觉，那是惊慌带来的恶心，强劲的搏动出现在她的鼻窦内和眼球后方，而在她体内，强烈的刺疼袭来。

周一布丽迪没有出现在校车上。圣诞节来了又去，依然不见她的踪影。由冬入春,旧的谣言改头换面,变成新的传说疯狂传播。她被带到利默里克的精神病院,或者去了克伦梅尔的疯人院;她加入了酒精与毒品戒断中心;以上谣言皆为事实。而且她跟自己的亲爸私奔了;以上谣言全是捏造,她的父母打算起诉学校,因为学校放任她遭到如此严重的霸凌。

接着,在某个周一早上,真相插上翅膀,完美地升空,从湖岸冲向乡村与城镇。布丽迪·弗林在一天之前,于她父母家的花园里引火自焚,就此长眠。

喜剧

她在游戏厅小路的拱门那儿第一次听到那个玩笑。

她站在一间店铺的门廊阴影下,看到一个来自山区的男孩,卷发,雀斑脸,大舌头,呆头呆脑,双腿一直在膝盖处打着弯,似乎是负重过大,石磨水洗的牛仔夹克背部歪斜地缝有一块金属乐队的刺绣背标,他面对来自城镇和乡村的乌合之众,公然说道,我不知道,小伙子们。我不知道她怎么会有他妈的**自尊问题**,哈哈。我他妈浑然不知。她知道接下来的走向。他在酝酿,斟酌时机,把胃口越吊越高。他们在等待。他在等待。等一个心直口快的家伙,等着咬钩。他需要有人问出口。他正处于喜剧峡谷的边缘，寻求可以跨越山谷抵达光荣的桥梁。如果它不出现，他的笑话就会跌跟头，胎死腹中。他靠在拱门的墙上，急不可耐地吸着烟，一只穿机车靴的脚蹬在身后。最佳时机正在流逝，但却被救下了，就在只剩几秒钟，他的观众不是准备翘掉下午的课去游戏厅楼上的台球室就是要回去上课之时。为什么？一个细弱的声音问。为什么？**为什么？**年长的男孩重复道。呃，比如我……就以为……她……在……他妈……**抽烟……抽嗨了！**接着他们便大呼小叫，伴随着难以置信的狂欢状态，他们张大嘴巴，精神亢奋地互相打量，然后出于敬佩与庆祝，摊开巴掌给那个讲故事的人在手臂上、背上、头上落下雨点般的猛击。他们随之散去，有些朝黑魆魆的游戏厅门道走，有些走上明晃晃的街道回学校。他们互相之间重复着那个笑话，不断练习，致力于掌握好时机和讲述的声调。

穿到街对面，沿另一条小巷往下走，就来到胡子拉碴的老男人们坐着等候的理发店。欧辛的父亲踏着舞步、打着节奏给他们讲笑话，但她肯定，没有哪个笑话残忍程度超过她刚听到的那个。他绝不是一个残忍的男人，她搞不明白为什么欧辛突然变得让人恐惧，他是从自身哪个部分发掘出来黑暗的一面,他又为什么无力去阻止。她不知道他是否跟他父亲一起待在店里,一边聆听父亲的表演,一边打扫剪下的碎发和灰尘。她想念他,想念他的凌仕沐浴露、汗水和偷来的香烟混合起来的怪味,想念他跟跄地大摇大摆,想念握住他潮湿的手。当他说那些话时,她不再是过去的她,或许现在的他也不再是过去的他。

第二天早上,在其他人下校车的时候,她将自己隐藏到喜剧舞台的幕后。就在他将他的军包从肩膀抖落到手上,抬脚准备下三级台阶到人行道时,她将两只手掌放到他的刺绣背标上,推了一把。噢,听他腾空而起继而跌落地面的声音吧。

完美无瑕

你他妈到底是怎么让自己他妈的怀上了？

以该死的上帝的名义，以基督和他母亲以及所有圣人的名义，你是有多蠢，多蠢啊，蠢啊，该死的蠢婊子，你会成为又一个恶心兮兮的天杀的乞讨女，像一个愚昧的悲惨游魂在城里四处流浪，然后某人流着鼻涕的杂种被从你的身体里拽出来，你这个该死的白痴，我早就警告过你了，耶稣基督啊，你他妈到底是个什么他妈的蠢货啊，我早该知道你会走到这一步，跟另外那个在该死的城里浪荡，至少她的死换来了尊严，而你，不，我该死的蠢货只能回到这里，搞大了该死的肚子，怀了某个人渣的杂种,耶稣基督啊,快他妈从我面前滚开,不然我他妈一刀捅死你,你这个该死的小蠢蛋,你是个天杀的浑蛋婊子,我本以为你会有点出息,但现在你永远成不了器了,只会跟城里的其他荡妇一样,领着她们天杀的萝卜头杂种孩子在劳工与就业部门办公室外抽烟。噢,上帝啊,赐给我力量,让我他妈的别把你宰了。我想马上给你一刀。都是我的错,让你腰上系着条皮筋就进城了,傻乎乎的屁股蛋被一览无余。附近十个教区的肮脏猎狗都嗅到你的气味,而你不记得跟谁做过,行啊,真有你的,这是我听过最他妈离谱的,处女孕妇,快看,玛丽,瞧你能看见那三个狗日的智者从山上下来吗,携带着我们的黄金,我们的乳香和我们那该死的没药。快看,瞧你能看见圣灵和北极星吗,我们的夫人在清白之身下怀了孕,即将临盆产下所有人的王。看在上帝和所有主天使的分上,你把我们当什么啦,从你出生那天起,我为了你累得精疲力竭,你的父亲在九泉之下,我倒很高兴他没有见到你抹黑他的姓氏和记忆的这一天,你一刻也别指望我会帮你养这个小杂种,小姐,你可以滚出去了,像其他那些小贱人一样在城里租个房子,我再也不管你了。你够大了,也够蠢,才会让自己踏进一堆屎里,这不是别的,就是屎,这样的生活,一开场就已结束,我本以为你会不一样,我以为你会有出息。上帝请原谅我,信任你是我的错,我以为你的本性还是好的。

记得

这不过证明了他们都是对的。

姥姥同意,这才是最要命的。最要命的是,所有自以为是的聪明人现在都幸灾乐祸。就算他们如此在乎她,哈哈,如此赞美她,说了那么些关于她有多棒的话,依然阻止不了她自甘堕落。

姥姥躲得远远的,躲了一周加一天,比西尔莎有记忆以来的任何一次都久。母亲不开火做饭,不化妆,也不出去工作,她拉上窗帘坐着抽烟,以泪洗面,时不时突然开始一段长篇演讲,内容不断更新。西尔莎躺在床上无力争辩,她模糊感觉到自己的身体在膨胀,一种突如其来的沉重感，就好像怀孕被公开后肚子变大开始加速，好像这个宝宝如今敢自由地在她体内生长。

在半梦半醒之间，在透过卧室窗帘的柔和蓝光下，在她脑袋里某些自由运作的部分，模糊不清、形态不定的印象在短暂的固化后，转化为记忆。她不得不由着它们成型。她无法给它们施加任何引导；她不得不关闭自己反抗的意志和顽固的意识。随后一只冰冷的手会指向厢车内部，指向跟主唱躺在铺子上的她。她感到十分困倦，身体沉重，他是如此优秀的接吻高手，他的双手又是如此温柔，所以她只能闭上眼睛沉入梦乡，除此以外别无选择。冰冷的手又指向厢车滑开的侧门，人们望进车内哄堂大笑，然后又关上门。主唱醒过来，他撑着一只手肘坐起，向下俯瞰她，他的长发弄痒了她的脸颊。嘿，嘿，你醒了吗。她抬头望着他的脸，他的脸越靠越近，她能闻到他陈腐的口气和烟草味。他的双唇贴上了她的，他的身体贴上了她的，他在说，你确定吗？而她在说，是的，是的。接着在他们之间出现了一阵律动，但只持续了没几下。她心想不可能是那次。

直到黎明微弱的曙光再次照进狭窄的车窗，都没再发生别的事，她醒来时孤身一人，穿戴整齐，除了鞋子被整齐地放在行军床对面的高台上。她从厢车下来,脑袋突突跳,眼睛刺疼。她感觉世界清空了一切活物,唯独留下她,不见主唱或布丽迪或前晚任何其他人的踪迹,灰白的天空甚至不见飞鸟,她的耳朵只能听到渺远的叮吟声,她的嘴唇干燥,苦涩的滋味充满口腔。

或许她仍在睡觉,这一切都是梦。

圣人

鲍迪和克里斯上门拜访。

我们想见西尔莎。非得现在吗，嗯？只要你们别安抚她，说她很棒，那随便怎么见。她可是让我出了这么大个洋相。鲍迪看起来闷闷不乐。说话小心，艾琳，对女孩温柔点。她既不是第一个，也不是最后一个陷入麻烦的人。将女孩子怀孕视作耻辱的年代已经过去了。现在这事跟别人无关，是我们要面对的问题，我们会好好应对。母亲退了回去，回到起居室。克里斯把门带上，两个男人站在前廊里不知所措。出现在社区这片贫瘠的低地时，他们总是看上去周身不自在。他们的形体已经适应丘陵和灌木的轮廓,他们的双脚只有踩上软泥地才踏实。西尔莎好奇鲍迪是如何在那个钢筋水泥的坚硬世界里度过牢狱生涯的。她穿着便袍坐着,双手叠放在隆起的肚子上,两只脚搁在坐垫上。

算了,不提了。你们能好好劝劝她考试的事吗?她说她不考了。在西尔莎看来这套战术荒谬可笑。鲍迪和克里斯对考试能有什么见识和了解?鲍迪十五岁就离开学校,克里斯一年后步其后尘。她不认为哪位叔叔曾经考试及格过。鲍迪抬起下巴望向天花板,似乎在搜寻灵感,或是等待救援,又或者是瞧瞧上天会不会交给他什么东西,以他笨重的身体为媒介,将来自以太的某种宇宙智慧或关于最佳行动方案的洞见,提供给一个十七岁的怀孕少女,教导她如何去做才能改善所有人的现状。

我们会照顾你,鲍迪说。母亲无力地叹了口气。不过她不再像第一周那样怒气冲冲。西尔莎看到光线穿过窗户射入她的眼睛,星光闪闪,有泪水汇聚。她看起来精疲力竭。鲍迪的脸现在变得通红,汗水让这张脸泛着光泽。他强烈的不适感充满了房间,将每个角落塞满,就如同母亲的烟灰。克里斯在他旁边坐立不安,眼睛四处乱瞄,但就是不看西尔莎和她那个会长成完整生命的多余肉块，那将是这个奇异家庭的新成员，长着一张有一天会说话的嘴——请求上帝保佑——及一双有一天能看见的眼睛，还有一对能透过母亲的肌肤倾听外面世界里发生了什么的耳朵，了解这世界的所有荒诞，所有这些人们的愚钝、恐惧、善良以及他们疤痕累累却仍在爱着的心。

接着克里斯说：记得吗，艾琳，你是怎么被羞辱的。那些你所遭遇的事，我们绝不会对西尔莎做。我们绝不会令她蒙羞。

未来

姥姥来访。

不管未来如何,她有一天说道,为过去忧心忡忡是最空虚的事。她说自己曾经看过一个节目,节目里一个留络腮胡和可笑发型的科学家声称你可以在时间里旅行,但只能朝前走。你必须以接近一道阳光的速度旅行才能摆脱时钟的束缚。对人类,对上帝,对任何存在的生物来说,都无法往回走。我们唯一能往回走的地方就是我们的大脑,即便如此,我们回到的也只是不存在的时空,只是梦境般的存在。所以我们不要去想着改变过去,我们能做的是过好当下,给现在播撒一粒良善的种子,这样才会在以后的光阴里硕果满满。难道不是这样吗,西尔莎?我说得不对吗?我是对的。因此,你母亲现在或之前的怒火中烧,或者你可能怀抱的悔恨,都一笔勾销吧。事情过去就过去了,你还能从中好好吸取教训。唯一会对你评头论足的只有那些虔诚男女,他们死守着一个已然逝去的世界里的观念。有些人热衷被管束。更别提近些年我们让外国人骑到自己脖子上了。

西尔莎知道她本可以亡羊补牢,但现在太迟了。她知道自己没有勇气施行其中任何一种措施。或者说,不采取那些措施才需要更大的勇气?这栋她时而觉得可能要在自己周围坍圮,把她碾压至死的房子,仍是给她带来大部分快乐的地方。越过低矮的房顶,穿过树木的枝头,那横亘在远方的,是由云朵和断续的蓝天勾勒出的社区和约尔路的轮廓,它代表着一种关于她自身的抽象的、形态不定的可能性,以及无限的变体,没有哪一个可以被知晓,除非她采撷其中之一好好看看里面有什么。在她任由这些想法泛滥时,她的手不由自主放到了肚子上,宝宝正是在这个温暖的地方坚定地按照自己的意志长成人型。她所憎、所爱、所畏惧的,是它将她征服的力量,这股力量令她放弃了自我,不再意识到自己是一个可以在时间里任意驰骋的人。

　　现在，母亲傍晚会不动声色地值守，观察她，又假装没在观察她。我猜我们永远没法知道是哪个小子干的，对不对？西尔莎告诉母亲，是一支乐队的主唱。母亲摇着头，咬起嘴唇，以疲惫的声音重复这句话，一支乐队的主唱。亲爱的耶稣在哭泣。

算命

母亲的态度渐渐软化,这个故事才能被讲述。

这是一个好故事。这个故事的存在似乎除了被讲述之外还有其他目的,它的细节都很关键,在这个节骨眼上进行叙述的行为本身也很重要。她希望能够以母亲讲述的原貌来记录这个故事,这样日后她什么时候需要了才能说给自己听。

有一次还是小宝宝的你生病了。你还记得那次吗,玛丽?姥姥缓缓点头说,是的,我记得。母亲说她不知道怎么做才是最正确的。西尔莎高烧不退,浑身滚烫,皮肤汗津津地泛着光。她没有哭号,这点最令人担忧。

她只是发出某种微弱的呜咽,听起来似乎饱受折磨,越来越虚弱。她一个昼夜都没吃东西。于是母亲请求住在北边儿拐角处的玛莉·沃尔什开她的车尽快带她们去尼纳看医生。

医生诊室门口的问询桌后面有一个闪电婊子[1],她想知道她们是否有预约,说必须有预约才行。母亲对着她大嚷,说她甚至连手机都没有,又如何能够预约,她的孩子病了,医生在哪儿?但那人只是皱缩起鼻子,叫她们坐下,冷静点。母亲说,那人走运了,因为她怀里抱着西尔莎,否则要他妈打得她六亲不认。世上没有什么比在你满负荷运作时却被告知要冷静更糟了。

等候室里有不少哼哼唧唧的人,只剩一张空椅子。母亲不想坐下,因为一旦这样总有一边会站上人,低头来看西尔莎,把脏兮兮的病菌喷到她身上。最后一把椅子上是位流浪婆婆,她站起来告诉母亲去那边坐,她叫所有其他人挪一下,给这位女士腾点地方,她的孩子病了,真的病了,不像他们这些人。来吧,女孩,她说,

---

[1] 原文 lightning bitch,形容一类对他人迅速作出消极反应,然后又迅速变得人性化的人。

然后她弯下腰,弯得很低,嘴巴与母亲的耳朵平齐。一点儿也不用担心。这位流浪婆婆的皮肤有着与树桩内部相似的纹理,骨节嶙峋的手沉甸甸地戴满戒指,她将薄薄的嘴唇贴到西尔莎的额头上,又去摸索她的小手,将她的小手从母亲包裹她的毛毯里解放出来。她摊开西尔莎的手,研究她的手掌,然后说道,太太,这孩子将长命百岁,她做的一切都会令你骄傲。母亲换了口气,准备讲述故事的下一段,这时突然而至的痛苦让西尔莎号啕大哭起来。

血

有血。

一涓细流，鲜红的色泽，接着又是一滴。母亲和姥姥站在卫生间门口。怎么啦？怎么啦？有血。有血？噢，耶稣啊。我们能进来吗？她们进去了，她们三人低头看向血渍所在之处。西尔莎将毛巾拿得离身体远远的，把头低到很低去闻气味，虽然她不明白为什么气味似乎很重要，也不知道如何区分不同气味，但她所能闻到的味道类似于湖岸，泥土，来自水、芦苇和古老岩石的矿物味道。这些疯狂的想法和她宝宝的生命正从她体内渗出。

不知为何,克里斯在门外。他怎么知道要过来?或许只是运气好,时机巧,上帝的旨意,或者守护天使的功劳,或者是她父亲显灵,或者是医院等候室里一位流浪婆婆留在她身上的魔法。她能听到他在说话,我们会没事的,放心,我们会没事的。我跟你打包票,这没什么,这种事常常发生在母牛生牛犊时,不过是稍微有点溢出。母亲和姥姥一齐大声叫他安静,闭上嘴,快他妈去发动汽车,准备出发。可怜的克里斯,母亲和姥姥从头到尾都对他大呼小叫。慢一点,加速,小心点,别刹太猛,快点成不成?在车的后座,她们分坐在她两边,转身对着她,挨得太近,但她对此不能说什么。你现在感觉疼吗?你下面有什么感觉吗?你觉得自己还在流血吗?好女孩,会很顺利的。听天由命,姥姥说。母亲叫她闭嘴,别再说那样的话,那是他妈的愚蠢胡话,如果我们都听天由命我们早死了。姥姥哈哈大笑着说,嗨,听听,听听。

　　西尔莎感觉自己的笑声冲破了恐惧。她感觉自己穿过一扇又一扇医院的门,走过冷飕飕的一大片空地,追随着一位面容和善的手术室护士,护士发出温柔的抚慰声,唤她作亲爱的、小可爱,她感觉姥姥在她身后,还有母亲,但那位护士叫她们留在那里等,护士推她走过一条短走廊,进入有一张床和窗帘的房间,她叫她脱下裙子和内裤,在床上坐直,护士戴上手套,冰凉的感觉贴上她的身体,她拿一个圆形的金属仪器在西尔莎的肚子上移动,她说,听听,小可爱,听听。护士在微笑,西尔莎侧耳倾听,在她自己怦怦响的心跳之外,她从搁在肩膀上的小小的听诊器里听到生命甜美的脉搏。如释重负的一刻,她所有的悔恨都被彻底洗涤。

订婚

克里斯订婚了。

一个潮湿的日子,姥姥扑哧扑哧走到厨房门口,站在那里朝身后的院子抖雨伞。她没有转过身来告诉她们那个消息:似乎她希望冲相反方向说话好让话语的真实性反转。克里斯跟城里的一个人好上了,她看起来像极了女鬼。他说他们打算结婚。在我一无所知的情况下,他将她带回了家。

她还在死命抖伞,后背因用力而颤抖,头巾上红褐色的一角也左右甩动。玛丽,你说什么呢?母亲这会儿站了起来,一只手抓住姥姥的手肘,似乎要把她转个面。你没听清楚吗？当她转过来，她的眼睛一圈血红，在苍白的脸上显得有些下陷，看上去似乎哭过好一阵。我家那个傻瓜跟一个城里人搞在一起，他昨夜很晚拖着她冲进屋里，身体骨瘦如柴，要我说她的套头毛衣和长裤都来自旧货义卖，你简直无法相信她那副身板，艾琳。他笑得嘴巴咧到了两只耳朵，像头蠢驴。他告诉我，她是他的**未婚妻**。他说这话时听起来傻透了。**未婚妻**。姥姥把这个词拖得很长，压着嗓音模仿起她的小儿子。接着她啜泣起来，朝母亲张开双臂，母亲拥抱了她，就像一个女人环抱住哭泣的孩童。西尔莎从她坐着的桌边能够看到母亲的双眼同样溢满泪水。

等她们喝上茶，抽上烟，终于缓了过来，母亲询问有关订婚的更多细节。跟我说说，玛丽，她到底是谁？**多琳·威廉姆斯**？这名字真逗。我从未听过有谁叫威廉姆斯。反正，在尼纳这儿没有过。或许她是个新教徒？噢，上帝保佑我们，姥姥说，这种事别瞎开玩笑。她到底来自城里的哪一片区？姥姥告诉了她，母亲宣称城中那块住的全是下九流的。再说说看她长什么样？就像一个人的一条腿比另一条短，但是手术修正过，但术后从未学会走直线。有点长短腿，驼背，讲话瓮声瓮气，就像一个人生怕多说话折寿。我肯定地告诉你,他们可打了我一个措手不及,就连鲍迪都对这桩浪漫情事一概不知,虽然我不知道这怎么可能呢。

姥姥起身长叹一口气,拖着脚步去卫生间让自己恢复平静。母亲猛地抽烟。耶稣基督啊,克里斯,她低语着,仿佛坐在她对面的不是西尔莎而是他,那位全知全能的耶稣基督。

额头

西尔莎怀孕的消息对乌娜·琼斯产生了可怕的影响。

她现在是欧辛的女朋友,声称他是孩子父亲的谣言毁了她完美无瑕的浪漫关系,也摧毁了她对初恋神圣不可侵犯的感觉。事情泄露的头一天,她从校车下来时脸上挂满泪痕,鼻腔塞满鼻涕。她几乎无法穿透悲伤与愤怒的黏膜来呼吸。

乌娜·琼斯开始对着社区入口叫嚣。西尔莎在家,一周前结束了她的校园生活,或者像她对母亲承诺的,只是休学一阵。乌娜的身后跟着一小拨尴尬的追随者,他们紧张地面面相觑。她的咆哮声在她面前激起一股热浪,涌向所有整洁的小草坪和花床,穿过所有小型住宅区的房屋,钻进在家中的所有人耳朵里,吸引他们凑到窗前,将头伸出房檐。

西尔莎·艾尔沃德,你这个肮脏的该死的婊子,你个荡妇。她他妈最好告诉所有人不是我男朋友把你搞大了肚子,你个臭婊子。他一点儿都不想碰你。出来啊,你这个操蛋的母狗。但西尔莎没有出去。她站在前窗的阴影里,看着她母亲大步流星地走过水泥车道,来到乌娜所在的人行道。现在就剩她一个人了,因为她的跟班们都作鸟兽散回到安全的家中。乌娜还在尖叫,她的脸涨得通红,挂着亮晶晶的泪珠和鼻涕,我要杀了你!西尔莎看着她的母亲将脊柱向后仰,然后向前俯冲,于是她的额头撞上了乌娜·琼斯的鼻梁。乌娜倒向湿漉漉的柏油路,她的书包帮她实现了软着陆,她的校服裙向上蜷缩成一团,褪到腰间,她光溜溜、白花花的两条腿向世界大敞四开。

西尔莎为乌娜·琼斯而难过。在那一刻,她为这世上任何一个没有像她妈妈这样的母亲的人感到悲伤。一位高踞在猎物之上,如同正处于胜利激情的职业拳击手似的母亲,她缓缓看向左右,似乎在用无声的凝视挑战任何来犯者,用喷着怒火和野蛮力量的黑眼睛看向她邻居家的窗户和门廊。姥姥兀自画了个十字,嘴里啧啧有声,望着母亲扶乌娜从地上爬起来,抚平她的套头毛衣和短裙,用纸巾按住她流血的鼻子。她听到母亲说,你把头仰起来,现在回家去,别再像那样对着我家屋子乱叫。再也不许用那些脏话骂我的孩子。你保证?这才是好女孩。乌娜·琼斯摇着她受伤的头,姥姥也摇摇头,对她守寡的大儿媳满是敬畏和骄傲。

再现

吉姆·吉尔德在大街上慢悠悠地溜达。

乌娜·琼斯的父亲叫住他。乌娜本想阻止父亲。她想让事情翻篇,不再被记起;她用新手机给欧辛打电话,他以自己的生命,她的生命,他俩的父母的生命担保,他绝没有跟西尔莎·艾尔沃德发生关系。她有次给他手淫,仅此而已,而且那差不多是一年前的事了。吉姆将事故现场的交战双方召集到一起。西沉的夕阳疲惫而鲜红,傍晚的寒气袭来。来吧,他说,告诉我发生了什么。什么,是要,**再现**一遍?乌娜·琼斯的脸缩成一团,避开艾琳·艾尔沃德炙热的目光。这很**蠢**。乌娜的父亲站在山脚下人行道边缘的变压箱旁。他现在大声吼道：吉姆！嘿，吉姆！这是哪门子的胡闹学？但吉姆置若罔闻。

现在，女士们，我们将会这么做。我们迅速确认所有事实。告诉我具体发生了什么。西尔莎和姥姥透过八角窗打开的框格看到母亲在院子里退后了几步，然后开始冲向乌娜，后者大概就站在她当初尖声叫嚣然后被母亲的铁头噤声的地方。她就在那儿，吉姆，她现在所在之处，她在院子里对我们怒吼出每一种污言秽语，用所有罪名指控我的女儿，使用的是最为肮脏的字眼。然后她威胁要杀了我，或者西尔莎，或者我俩，这点我不确定，所以我赶紧给她的脸来了一击。

吉姆若有所思地噘起嘴巴，先挠了挠丰满的下巴，然后是肚子。你用什么击打她的，艾琳？我的额头，吉姆。他看着乌娜，后者像分娩中的奶牛那样大瞪着眼睛回望他。这都是真的吗？差不多吧，乌娜说，她的手条件反射般去摸那块小小的暗痕，那是母亲的前额骨与她的鼻骨相撞之处。我狂流鼻血，她说着吸了吸鼻子。

吉姆不置一词，他打开自己汽车的后备厢，摸索了几秒，抽出两副手铐。好了，艾尔沃德夫人，我怀疑你们犯有死亡威胁罪现在要进行逮捕。你们两个转过身去，等我把这玩意给你们戴上。乌娜的父亲脸色惨白地向他们走来，双手举起。母亲对着吉姆微笑。乌娜在哭，发出声声哀号。姥姥听到吉姆这么说便轻声笑了出来：或者你们承认双方都有错，握手言和，保证和平相处。于是她们这么做了。

等他开车离开，姥姥说，这个吉姆·吉尔德是绝世大善人。上帝保佑他，保佑他长寿。

婚礼

她居然撑到了底。

多琳,来自城镇黑暗角落里的胆怯的闯入者,来自姥姥眼里无足轻重的人群——虽然姥姥假装热情地欢迎他们,好像与他们保持愉悦的熟络感——走过圣灵教堂的过道,身着简单的白裙,挽着她父亲的胳膊,带着歉意地绽放美丽。鲍迪在他兄弟身旁站得笔直,纹丝不动。他兄弟好奇地睁大眼睛顺着过道望向他即将到来的命运,以及伴随着悠扬的管风琴乐声,穿过稀稀拉拉的亲友——有些在微笑,有些阴着脸,新郎这边的大部分亲友是第一次见到新娘——方阵后,不期而至的生活。

姥姥撇嘴站在那里,眼睛湿漉漉的。前排长椅她的对应位置上坐着一位相似人物,两个女人都高扬起下巴,对对方的存在表示不满,在强迫的愉悦与婚礼的温馨的激烈交战中,两人寸土必争。

他们在吉姆·巴里位于新镇的酒吧里享用了传统的婚礼早餐,酒吧间里的餐桌成列摆放,克里斯和鲍迪,新娘和她的姐妹,两位母亲和一位老丈人,被安顿在贵宾席,与堂表亲、叔叔阿姨和好友们的几列桌子形成直角。姥姥提到对西尔莎的身体状况颇感窘迫,敏感的她就把自己安置在离主宾席最远的角落,母亲坐在她旁边抽烟,一根接一根,跟谁都不搭腔,时不时小声哼哼,推推西尔莎,用她的烟头指向婚礼上的各色人、各种事,尖声耳语道,我认识那个废物,他每周都在店里输掉了工资,我在城里见过那个瘦高个,身后牵着五六个孩子,瞧瞧主宾桌旁边的大块头,瞧她身材,一人占了两个座,然后提到克里斯的幻影,不是这位坐在婚礼大厅里,身着不合体的光鲜礼服,不可思议地结了婚的全新的克里斯,而是那位许多年前向母亲求婚时呆立着瑟瑟发抖的克里斯,他的手恳求似的伸着,炽烈而隐形的心脏就放在掌心。噢,克里斯,你在干什么?

西尔莎从卫生间回来，正进行到用餐结束与演讲开场之间嘈杂的间歇，她看到母亲孤独的背影，瘦弱的胳膊上肘部锐利地支着，自此爱与伤感在心中澎湃，情感如此之强烈，令她透不过气。当鲍迪站起来告诉全屋人，他的兄弟是一个人所能拥有的最好的朋友，他希望自己有他一半好时，西尔莎察觉到母亲的手放在了她的手上，听到她轻声说，没关系，我们都会没事的，不是吗？

忍耐

就是处不来。

姥姥告诉西尔莎和母亲,她使出吃奶的劲去努力,但她不得不承认自己跟多琳就是处不来。姥姥后悔自己轻率地默许了克里斯与多琳在农场上安家。我是被什么附身了吗?我早该知道这事行不通。她没告诉我就开始打扫卫生,把我立柜里的器具全部拿出来,朝上面喷东西,她那张脸仿佛是在打扫污秽的厕所。她还想知道我上次**大扫除**是什么时候。让我问问你。这是一座农场,我跟她说,你是农民的老婆。你猜她怎么说?你知道她身体里那只小耗子是怎么对我吱吱叫唤的?她说,不过，它现在不**太**像农场了，不是吗？

而且她还把克里斯变成纯纯的傻子。他睁着天真无邪的眼睛看她，挂着这种愚蠢的微笑，只在她诽谤我的时候才会咧大嘴笑。我听到她诽谤我。她每天乐此不疲。我佯装耳背得厉害，你瞧，我让她对我讲话时要用喊的，于是她认为当她在门厅或外面院子里向克里斯数落我时我听不到，但我能听清每一个词。你母亲讨厌我，她说。我做什么都是错。我们必须离开这儿。我想要属于自己的房子。然后我可怜的蠢货安抚了她。结果那晚他们搞出来的动静太可怕了。噢，上帝救救我们吧。我从未听过类似的。我躺在那里思考，这是我的儿子吗？真是我养大的那个安静、正派的男孩搞出来的动静吗？她尖声大叫，仿佛一个人要乐极登仙了。那样正好，我猜。那是我一天里难熬的时光。你说着祷词等待它结束，然后你再次祈祷。

求你了，玛丽，母亲说，别说了，求你了。她们三个不安地想到那种可怕的动静穿过老房子陈腐的门厅，穿过厚重而古老的门扉，最后钻进姥姥高高竖起的灵敏耳朵，想到新媳妇在剧痛中的从容，想到那位丈夫对如此的欢愉居然存在不敢相信，不禁开怀大笑，她们的狂喜终于有了发泄的出口。

随着西尔莎产期临近,她隆起的身体绷得就快炸开了,母亲有天对姥姥说,还有一件事。你必须搬来和我们一起住。

姥姥沉默了片刻,她的眼睛呈现出梦幻般的光泽,仿佛她正在幻想新生活以及后续可能的情节,然后她说,好的,我搬来。

房间

扩建是母亲的主意。

姥姥表示赞同。西尔莎和孩子将会需要更多空间。我们请迈奇·布莱斯来拆除墙体,挖地基,灌水泥,她说,当然在那之后就只是一层层砌砖头的事了。克里斯和鲍迪会来帮我们干这活儿,绝无问题。

在我看来,他们会的,母亲说。姥姥擤了会儿鼻子,放任厨房里充满香烟的烟雾和无声的怨气。最终,母亲详细阐述了自己对姥姥计划的反对。听着,玛丽,我感到抱歉。但我不打算让那些蠢货给我建一间粗制滥造、歪歪扭扭的屋子,最后垮下来砸到孩子。

姥姥噘起嘴，两片唇向外翻，舌头把假牙顶松了，因此西尔莎有一瞬间能看到粉白色的一圈亮晶晶的部分凸出来。姥姥只有在需要强迫自己闭嘴时才那么做。我见过他们的手艺，玛丽。我难道不是每天都在这间厨房里与它们朝夕相处？用唾沫和狗屎玩意将废木材跟该死的胶合板固定到一起。我知道他们是你儿子，我也很爱他们，但他俩没一个有头脑。

姥姥只能让步。可她们依旧缺扩建的钱，就是这么回事儿。那周晚些时候的一个傍晚，母亲坐在厨房餐桌边，手边一把尺子、一支铅笔和几乎盖满整张桌子的一大张纸，在四个桌角处被用胶带固定。纸上摊着一本图书馆借来的书。母亲戴上她的眼镜，正在往纸上临摹，看起来那是一栋房子的结构图。大概过了四五个小时，她大喊一声，好了！然后靠在椅背上点了一支烟。

西尔莎迫切想看看她画了什么。她原本在靠窗位置坐着，望着，捧着大肚子，时不时打瞌睡，现在悄无声息地走进了厨房。她站在母亲身后，看着已完成的整洁画作。那是她们计划中的房子，在它后面她还添加了一处方形图，图中有更小的一个方框，写上 WC 两个字母。我知道你在我背后，母亲头也不回地说。这是给你和宝宝的。一间更大的卧室和附带的卫生间。能有一些隐私。那晚就聊到这么些。

第二天，一辆破烂面包车停进院里，车上下来一个男人，高个子，饱经风霜，红脸膛，蓝色的工装，厚重的黑靴子，头上一顶黑色贝雷帽，帽上有一架竖琴的图案，琴上两个 F。西尔莎好奇两个 F 是什么意思。男人的目光从她的脸移到她的肚子，再回到她的脸上，说道，你母亲呢？

泥瓦匠

来者是迈奇·布莱斯。

他拆除墙体,挖渠沟,马不停蹄地倾倒了两天水泥。第三天开工时,他在厨房门口说,现在,我需要你们女人上外面来。我跟你们讲的话都只说一次。如果你们跟不上,那是你们自己倒霉。于是西尔莎和母亲跟他走到后院。西尔莎在上面度过了整个童年的杂乱荒地,如今变为一片围挡起来的狭小区域。前一天晚上,卡车运来了一堆砖头,堆得比红脸建筑工还高。他挺直腰板,鼓起胸膛,开始一字一句地交代。这里这些,他指着砖块说,是砖块。而这里这些,他指着脚边的一排工具说，分别是托灰板、瓦刀、水平仪、绳索、钉子和测量仪。那么，你们谁来砌砖头？

我来，母亲说。好，来这边，仔细瞧我砌出远端墙面的第一排，然后你就在上面砌第二排，我不会走开以免你搞砸。再之后，不管怎样我都得走了。他向她展示如何使用灰浆，如何保持直线，如何利落地切割边缘的砖块，如何以及在何处插入钢筋。

那整个早上母亲和戴贝雷帽的建筑工都在埋头苦干。他埋头抹灰浆，沿着绳索标示的直线一块接一块放砖头，两排砖之间有一个很小的灰缝。而母亲弯腰贴近他，听候建筑工的指示。他看着她用瓦刀抹灰浆，朝上放置一块砖头，然后点头表示认可。西尔莎听到他说，好样的，上帝，你可真棒。你学会了，你学会了，你这双手受过上帝的祝福吧。

他走了。母亲和姥姥将身体使用到了可以忍耐的极限，日复一日地工作，工作到伸手不见五指，砖堆越来越矮，房屋的墙壁越来越高。等到砖墙与她们的胸口平齐，她们便用上了建筑工留下的蓝色支架。三个女人互相之间从砖堆传递砖块，母亲让西尔莎快停下，忙自己的去。她们沿着垂线整齐地将砖砌到灰浆上，窗户的位置装上楣梁,终于干到屋顶的高度。

好了,母亲说,这里要点技术。不过我们他妈的照样能干。于是第二天她们成功了。等到第三周的周末,墙面立好了,互相连接,隔热,几乎笔直,封了顶。左邻右舍对这个女人啧啧称奇。

圣诞

她出生了。

比她母亲晚了十七年又十个月,又折腾了半天以后,她哭着来到这个世界。她的外祖母和曾外祖母见证了她的诞生,尽管在场的还有目中无人的助产士和只会赶人离开的护士。她的叔祖父鲍迪一车子载了几代人,缓缓开回家,走的路跟西尔莎当年被载回家时一模一样。她亲吻了女儿的脸蛋,一如自己当年被亲吻。世界立刻朝外扩张,又朝内压缩。现在宇宙就是一个单独的个体,七磅一盎司的脆弱骨头,毛绒绒的皮肤,惺忪的眼睛长在完美的眼窝内。车里静悄悄,只能听到她四处探索的窸窣声，以及偶尔来自母亲或姥姥关于她的头部的指导，托住她的头部，慢一点，鲍迪。时不时从他们车后长长的蜿蜒车流里传来小轿车和面包车不耐烦的喇叭声。

孩子父亲未知。没错，你可以把这个写进表格里，你可以拿走表格，塞进烟斗里点了，我不在乎。姥姥坐在那里，手抚在曾外孙女的出院摇篮边缘，将她在外孙女床边说过的话重复了一遍。他们想起这个女人毫无血色的嘴唇，谨小慎微的面容，她顺着鼻梁，越过高昂起的势利鼻子望着西尔莎的样子，不禁又一次大笑。他们肯定早就该死地习惯了，绝对如此。如若不然，他们肯定是穷极无聊，这年头的世界就是这样。如今这个时代还有什么值得大惊小怪？我们亲爱的主和救世主已经两千岁高龄，尽管一切都变了，但主的父亲的世界一如既往，每个人仍旧以主被评判的方式来评判其他人。

街坊们很友善，前来贺喜。客厅墙边堆满外套。壁炉台上摆着一排贺卡。有些里面装着钱，母亲将现金叠放入挂钟后面，记录下赠送人和金额。有关孩子父亲的难堪问题被刻意避开。不过西尔莎透过打开的前窗听到一个邻居站在远处的樱花树下对此进行猜测，小拉伊利是孩子父亲吗？她想到欧辛，他放在她掌心的柔软的手，脸颊上的潮红，他恳求允许他更进一步时眼里的那团火，几乎是含泪哀求，以及他的渴求所给予她的愉悦，她心知是她带给他痛苦。然后她想象那个主唱坐在什么地方，将头发从眼前撩开，慵懒地弹着吉他，倾身压在琴上构思他的和弦和歌词，自顾自哼唱着创作中的旋律，他那个眼花缭乱的世界与他的女儿无关，后者向上够着一团模糊却耀眼的爱。

爱

她尚未对它的强大力量作好准备。

起初她没办法很好地容纳它,就好像对她的生命来说,它的分量太重,无法安置在她纤薄的体格内,因此她的行动无法自控:没缘由地哭泣,为一些傻事对母亲和姥姥又抓又咬,当宝宝熟睡时在屋子里光脚踱步。她不断幻想出千奇百怪的惊悚场景:火灾,绑架,房子下面塌陷出一个大坑。新闻报道里,某个战乱的地方发生爆炸,一群男人将一个孩童血淋淋的身体举过头顶。她为此哭泣了数小时。

母亲和姥姥理解她。这种情况对她们来说似曾相识。她们跟西尔莎一样，花很多时间盯着宝宝，发出咿咿呀呀的安抚声，哼唱各种甜美歌曲和摇篮曲。她们没有如她所预期的叫她振作起来，却都牵肠挂肚，从不缺席。就像两个成年人看着一个小孩端着满满一玻璃杯的水走过房间，她们随时准备好介入，接过水杯，避免水泼洒出来以及出什么岔子的风险。她们表扬她，就像表扬一个孩子在线框内涂色或是画了幅漂亮的画：你是个棒极了的小妈妈，西尔莎；上帝，你学得真快，就像鸭子学游泳；瞧啊，你掌握诀窍了，你学会了，真是个好姑娘。

当宝宝咬紧牙床开始吸吮，刷的一下，尖锐的阵痛从她的头顶蔓延到脚趾尖，然后减弱为温暖愉悦的拉扯感，一种正确与宽慰的感觉。一道温暖的光穿透窗上雨水冲刷出的水流，她坐在光里，姥姥坐在火炉边，缓缓念出一个又一个名字，母亲以"不"作答，甚或是"该死的不行"，似乎这件事也没那么重要了，怪多余的，给这么完美的东西贴上一个标签，由此将她限定在几个字母的组合里，这个组合会发出特定的声音，唤起某种感觉或某种存在方式或想起某类人——来自特定的地方或拥有某种程式化的个性，必然会做某些事。

明天她就一周大了,姥姥说,我们在这个阶段就已经精疲力竭。我们怎么就给她挑不出一个名字?于是她继续罗列:布丽奇特?不行!特蕾莎?不行!威妮弗蕾德?不行!玛丽?不行!安妮?不行!奥丽芙?不行!好吧。行吧,你俩就没主意?你俩没一点儿想法。为什么这事留给我来做?

当晚晚些时候,鲍迪给拉巴希达的一个农民做完青贮饲料归家的途中顺道来访,他说,她难道不是一颗珍珠吗?于是她就叫作珍珠了。

萨丽

一个明朗的正午,一辆锃亮的银色轿车停靠在了路缘。

耶稣基督呀,母亲说。那是萨丽。她穿过房间走到门廊,给这位褐色头发的漂亮女士打开前门,西尔莎上次见她还是在许多年前约阿拉拉山的墓地,那个值得纪念的落着蒙蒙细雨的早上。她的美貌没有流失半分,却更添一份温柔,她和善的双眼两侧爬上了很浅的鱼尾纹。萨丽坐下来,久久地凝视着珍珠。即使在她向她们讲起她的生活,在都柏林一所大学里讲课,她的丈夫管理着一项基金——管它代表什么呢——的时候,她的眼睛都没离开珍珠的脸,珍珠也安静地与她对视。

萨丽问西尔莎当母亲是否令她快乐。西尔莎看着这个女人的眼睛说是的。在这个世界上,成为母亲并不是阻碍你的理由,西尔莎。事实上,它会令你更加强大,更好地与世界对抗,为自己争得一席之地。继续战斗,西尔莎,好吗?为你自己,也为她。绝不要让自己被践踏。西尔莎的目光越过来访者,看到母亲与姥姥一同肃穆地望着她,她们点头赞成萨丽的话。

接着萨丽笑了笑,询问她是否可以将抱抱珍珠。当她抱起后,将珍珠贴近她的胸脯,低头贴向珍珠的脸。西尔莎看到一滴泪珠滴落到珍珠玫瑰红的脸颊,在那儿闪烁了一阵,然后萨丽说,我们的老爹会照顾好她的,西尔莎,这一点你放心。霎时间,西尔莎涌起一阵她无法清晰分辨的不同寻常的情感。愧疚,她猜,可谓是最接近的形容。与她诞生在同一天,稍早一点点,因此她父亲的命运与西尔莎父亲的命运在埃斯克公路尽头的转角处产生交集。更糟的是,她为自己内心悲伤的缺席而感到愧疚,但这个女人的心,似乎从未愈合过。

母亲送别萨丽回来,手里拿着一袋礼物,有好妈妈母婴用品店和布朗·托马斯百货商场的昂贵套装,袋子底部有张卡片，正面印有一张图，是一个婴儿在婴儿床里，背景中长着洁白翅膀的天使悬在空中，她在内侧写有：**给西尔莎和珍珠宝宝，愿你们永享宁静安和**。上帝保佑，母亲说，可怜的萨丽，她一直都想要属于自己的宝宝。世上所有的钱都无法为她买来一个。

西尔莎想到那个醉醺醺的雨夜，想到主唱酸酸甜甜的嘴唇，想到他上下乱摸的那几秒，整个宇宙不知怎的凝结出这个珍贵的肉身，这个血肉与白骨的奇迹。一想到这些，西尔莎再次感到刀割般的愧疚。

浪荡子

要知道，每个人都把这个词理解错了。

基特·格拉德尼显得闷闷不乐，这样的表情不常出现在这个冷静的女人脸上。浪子回头并非意味着回归，它的含义是放荡不羁，挥霍无度。在《路加福音》里，那个儿子大手大脚，铺张浪费，表现得像个小老爷一样招摇过市。当他一个子儿也不剩了，就溜回他父亲的家，并被父亲张开双臂热情迎接。人们为了向他致意，将最肥美的牛犊宰杀。浪荡子改邪归正，**正因为**他回家了，才不再是浪荡子。

啊，是呀，姥姥说，如果你打算让自己烦恼这种事，亲爱的朋友，那你会有发不完的牢骚。如果你孙子跟他的母亲一样，准备消失好几年，然后不声不响跑回山上，他将不得不接受自己被人们说几句闲话，受侮辱总比受一身伤好。基特·格拉德尼八十多岁，依旧硬朗，比姥姥还大五六岁。她傲然地无视了姥姥，继续她的长篇大论。我要说的是，我厌倦了每一个叫汤姆、迪克和哈利的跑来恭喜我浪子终回头，就像很久以前莫尔从英格兰回来，我们好几年都是那样，附近十个教区的每个伙计都把鼻子插进门顶缝儿，哈哈，哈哈，小心咯，浪子回头啦，浪子回头啦。眼下同样的事也发生在约书亚身上。在诺克高尼与这里往返的三次，没有一英里能好好走路，我没法不去听。汤姆·罗克骑车跟在我旁边，哈啰，基特，我听说浪子回头了？我差点把他推倒，真的。

总之，把那孩子递给我好好看看。她从桌边探出身子，这样西尔莎就能把珍珠放到她的大腿上。吃饱喝足、心情愉悦的珍珠，现在昏昏欲睡，半睁着白茫茫的眼睛望着上方移动着的快乐形体，她们的宠爱通过她半透明的肌肤渗透入里。噢，伙计们，噢，伙计们，这让我想到过去。我记得我的莫尔吃完奶后，周身总是发着光，你能感觉到一波又一波的快乐从她身体里喷涌出来。给她拍嗝了吗？西尔莎说还没有，不过一般只需要轻拍几下。基特·格拉德尼，这位再三心碎，愈合的心脏却依然纯净、储满爱意的人，从她的膝头优雅地举起这副小身体，让其伏到肩膀上，再用她的纤指专业地拍了三下，很快珍珠便大声地打起嗝来。母亲、西尔莎和姥姥为其欢呼，基特·格拉德尼声称她绝不会忘记手法。

我明天让他们下来拜访。他的女朋友名字叫霍妮。等着见她吧。

霍妮

约书亚·埃尔姆伍德比西尔莎年长几岁。

她还记得他的父亲亚历山大去世的事,跟她父亲一样,死于一场车祸,她那时候七八岁。母亲和姥姥整日以泪洗面。她还记得她们说过,他从各个角度来说都是个美男子。对男人来说,用美这个形容词显得很奇怪。她记得做弥撒时的他,一边是他的妻子,另一边是他的儿子,记得他比他们高大许多。她记得他的笑容十分阳光,他跟别的父亲是那么与众不同,他显得那么绅士。她记得因为再也见不到他,见不到他的驼背,他的大手,他那双和善的眼睛,见不到他与妻儿、岳父母穿越乡村时总是戴着的那顶礼帽——而大多数男人如果不介意头饰,都会戴鸭舌帽——而感到难过。她现在可以通过他留下的儿子,见识母亲与姥姥所哀悼的遗传的美貌。她记得学校里关于约什·埃尔姆伍德肤色的玩笑话,戏谑他出生时的白皮肤让他父母多么的震惊,玩笑里还说情况通常是反着来的,哈哈。

他现在就在这里,这个声名狼藉的男孩,曾经陷入吸毒的泥潭,这是那些心胸最为狭窄的散布谣言者说的,这些人不像他父亲那样善良,正派。愿上帝让他安息。他跟他母亲许多年前消失的方式一模一样,伙计们,血统难道不是一目了然的事吗?这是血脉相连,没辙的事。因为正如他母亲携一个黑人男子回到村庄上面的诺克高尼镇区,这个小伙子在几乎消失了四年之久后,带着一个黑人姑娘回了家。这很滑稽,说真的,爱说八卦的人们高兴地宣布。格拉德尼一家和他们的嗜好。格拉德尼一家和他们的疯狂冒险。不过再说了,有什么坏处呢?

姥姥不理解。再跟我说说这个女孩是谁。你是亚历山大的女儿吗?还是妹妹?你是埃尔姆伍德家的吗?她提高嗓门,一字一顿地说话,仿佛不确定这位客人是否说英语。母亲这会儿几乎扯着嗓子喊,全能的耶稣基督啊,玛丽,求你别那样说好吗?求你看在慈爱的上帝的分上,别烦那个姑娘成吗?她是约书亚的女朋友,你知道这个就够了。现在闭嘴吧!可姥姥不死心。那,她看起来怎么那么像亚历山大呢?愿上帝怜爱他,使他安息。这女孩终于开腔了,坐在窗前餐桌边的她向前倾身,微笑着缓慢而清晰地以轻柔的伦敦腔对姥姥说,我是霍妮·巴特利特。亚历山大是我的教父。

教父?姥姥尖声说,哎呀,一点儿也说不通啊。

亡魂归来

霍妮的父亲悉德将他们从伦敦带回来。

他跟基特和她的女儿莫尔，也就是约什的母亲，一起待了几天。这就跟电影似的，基特说，他们出现在台阶中央，我从窗户望出去，我肯定并确定是亚历山大死而复生，沿着马路向我走来，接着我瞧见霍妮，还有她身后的约什，啊，我不知道如何形容这种感觉。如入天堂，我猜，就是天堂。我绝对忘不了莫尔进门来时的那张脸，还有悉德、约书亚和宝贝，还有正坐在桌边吃东西的我自己，如果我们在生活中每晚都齐聚一桌，那情形会是一模一样。我开玩笑地跟他们说，放松些，她回来时不要表现得小题大做。但那是一出哑剧。她站在门廊里不停望,然后举起双手蒙住脸,再拿开瞧瞧他们是否仍在那里。我们谁也没说一个字,直到约书亚终于站起身说道,呃,妈,魔咒被打破了。噢,感谢上帝,她不断重复着,感谢上帝,感谢上帝,你回家了。她当场跟他讲,不许他再离开。但我看不出她如何能够执行这道禁令。

霍妮决定要多待一阵,是不是,亲爱的?那姑娘笑着点头。姥姥大声质疑那如何实现。那要如何实现?她的嚷嚷声从她怀抱珍珠坐着的沙发角落里发出来,穿过整个房间。西尔莎怀疑姥姥是不是经历了更多次小中风,却没透露给大家,也可能是没意识到。她理解事物似乎比过去更困难了,包括话语里提及的人与坐在她面前活生生的人之间是什么关系这种简单情形。她回忆起曾经读过的一本小说,那是关于一辆公交车上乘客的百态人生,其中有位老头知道自己正在经历一次次小中风,因为他能感觉到脑子变得混乱不清,有东西不断爆裂开,他无法集中地看东西,持续耳鸣,一阵阵虚弱和发昏,但他却能很好地掩饰症状。想到姥姥哪天不在了,她就感到一阵恐慌。

霍妮给她们讲述她的父亲去了巴利威廉，也就是他的童年玩伴亚历山大过世的地点。他跪地亲吻了那处柏油路，痛哭流涕。西尔莎想起母亲和姥姥总是在路过她父亲身亡的那个道路拐角时在胸口画十字。她再次因自己悲伤情绪的缺席，为自己从未跪在那里哭泣，而感到一阵内疚。

关键人物

鲍迪又被逮捕了。

这次不一样,鲍迪也不同以往。他似乎超出她们的意料:他成了现实中令人深感恐惧的男人,不仅因为名声在外,还因为他成了发号施令者。如今的他远远超越了那个将谷仓交给神秘陌生人随意处置的为人支使的傻子,也不再是趁着黑夜将逃犯从一个安全屋转移到另一个安全屋的司机。他的脸上了电视,他的故事登上了星期天的报纸,教区将艾尔沃德家的周边封锁,并放话出来,谁也不准跟记者讲话。所有陌生人都被怀疑是警察局特别处的,除非他们可以找到担保人,陌生的面孔也不被待见。西尔莎对鲍迪产生了一种奇怪的感激之情：就好像他牺牲了自己的自由，换来她女儿的安全；就好像他预谋了现在的情势，他们的小屋才得以贴上神圣的标签，变得远离人群。随时有巡逻车出现在附近，缓慢地往返于乡间小路和农舍之间，然后越过农舍开到鲍迪翻新的小别墅前，或者在社区里进进出出，仿佛只要他们在这片区域开车开得够久或透过良民百姓的窗户往里窥视得够多，就能把鲍迪琢磨明白。

一名男子在恩尼斯遭遇枪击，距离鲍迪的**行动基地**大约一小时车程，如此之近以至于可能是他干的，或是他组织的，甚或由他下达的指示。为他代理的律师出于礼貌拜访了姥姥，也为了看一眼农舍和附属建筑，确保警察搜查行动造成的破坏已经复原。他向姥姥解释说鲍迪可能要被关押很长一段时间，特别刑事法庭拒绝了他的保释，还说特别刑事法庭事实上并非一个法庭或正义化身，而是以国家恐怖主义为目的创造出来的阴险机制，让陪审团缺席的审判可以存在。作秀的庭审，艾尔沃德夫人，这是对正义的嘲弄。但这些话对姥姥毫无帮助，她的儿子被带走了。这话对克里斯也没有帮助，他带着愤怒与担忧摇头。

霍妮和约什现在几乎每天都沿山坡下来拜访。珍珠似乎认识了他们的脸：他们抵达时，她会指着他们微笑。宝贝对目前的事态很着迷。她讲了一个她父亲在八十年代被捕的故事，讲他是如何躲藏在邻居家的阁楼，在警察开始用冲击夯破坏邻居家大门时才现身。这个故事给姥姥留下了深刻印象。想想啊，她说，想想看。你们这些可怜的倒霉蛋。不管怎么说，大家难道不是遭遇着相同的麻烦吗？

冲突

吉姆·吉尔德某天穿着便衣上门拜访。

他身着灰色雨衣，以抵御阵雨的天气。他的两只大手拿着一顶平顶帽，跟他当班时拿警帽一样的姿势。上帝保佑我们，吉姆说。西尔莎听着这话感觉相当老派，但他说话的语气又令她感觉相当自然且真挚。他站在门廊往客厅里瞅，目光穿过拱门直抵厨房。他注意到有几张脸在回看他，他们相互间简单地点头致意：西尔莎、母亲、姥姥、基特、约什、霍妮，以及在客厅正中央的红色婴儿提篮里的珍珠。她嘴里咯咯作响，带着好奇心研究手指头。他低头对她微笑。

姥姥不愿看他,坚持叫他警长。鲍迪仍被羁押候审,不过监视行动已经结束。西尔莎很怀念巡逻车给予她的安全感,她还知道,姥姥十分享受事件的升华,她情愿让自己这么去想:她的儿子是一项神圣斗争的先锋,监禁中的他是一名活生生的殉道者。

我瞧见是谁在里面呀?吉姆笑着问霍妮。她看着他,对这个语法结构感到困惑。约什替她回答:这是霍妮·巴特利特。很高兴见到你,宝贝,吉姆说。姥姥怒发冲冠,在椅子里躁动不安,仿佛时刻准备跳起来攻击可怜的吉姆。怎么,警长,怎么?你来找我们干吗?你打算跟你的兄弟们一样,把我们屋里的东西扔得到处都是吗?这地方彻底给毁了。可怜的多琳吓得不轻。这姑娘结婚不到一周,就在新房里被那些狗杂种威吓。

我知道,玛丽。他们有时候做得过火了。不过,东西都回到原位了,不是吗?是我盯着把东西放回去的。你别装作跟他们不是一伙的。我是,吉姆说,我也不会道歉。有人被杀了,玛丽,无辜群众,是孩子的父母,也是父母的孩子。什么原因?根本不存在原因,是纯粹的疯狂行径。姥姥的脸涨红了,眼里溢满泪水。当最近的凶杀案消息传出时,她有好几天心情沮丧,变得沉默寡言，狂热地诵咏玫瑰经。她在竭力克制自己的强硬态度。

警长，我想你是打算告诉我，鲍迪跟那事有关，而事件发生时他在牢里？每个人瞧向吉姆。珍珠轻柔地咳嗽，并发出咿咿呀呀的声音。我只是来看一看的，玛丽，看看你们是否还好。行了，你别为我们操心，警长。我们可以照顾好自己。现在你走吧。姥姥挥手让他离开。离开之前，他又朝珍珠露出微笑，然后对西尔莎笑了笑。她是个漂亮宝宝，吉姆说。

圣礼

让约什和霍妮来做珍珠的教父教母是姥姥的主意。

问问那对可爱的男孩女孩。要我说,他们会留在本地,如若不然,又有什么关系?现在的世界变小了。他们似乎很受感动,也略感窘迫。科特神父同意了,但说他需要给霍妮施坚信礼。当这个消息从教区中转过去,约什替霍妮感到愤愤不平,抱怨其中的父权制和巨婴化。但他们以为在角落椅子里睡着了的姥姥,突然开口说,啊,闭嘴吧,愣头青埃尔姆伍德,看在上帝的分上。为了让科特神父开心,让那女孩说几次**我愿意**又有什么害处呢?你更应该去了解那个注定要给你剪头发的理发师。是他的剪刀太钝吗？约什对姥姥笑了笑，她也回以微笑，因为他们特别喜欢彼此。最后决定霍妮在下周日的弥撒上施行坚信礼，然后领圣餐，并在弥撒后的洗礼上代表珍珠。

那天不就是你的重要日子吗，亲爱的？姥姥说。完成你的坚信礼和圣餐仪式，然后成为一名教母，所有事都在一个小时内发生。上帝啊，你们年轻人做事情喜欢一步到位，肯定是这样。当然了，所有事都慌慌张张，颠三倒四。颠三倒四？西尔莎问。是啊，颠三倒四。先生孩子后结婚，先施行坚信礼后领圣餐，然后希望全世界随你转变。我不知道。到哪儿才算结束呢？

姥姥，我不知道对我们来说到哪儿才算结束，但如果你再不闭嘴，你的终点会在该死的济贫院。姥姥在椅子里坐直，四处翻找她的眼镜，并眯起荧光闪烁的眼睛。上帝，济贫院？其实，夫人，可能在你听来会大吃一惊，不过，如果我能被略带一两分敬意地对待，而不是被一个莽撞孩子当作莽撞孩子来说教，我倒十分乐意搬到济贫院去。我是个莽撞孩子，是不是这意思？没错，姥姥说。你总是过于自由散漫，也难怪你让自己被各种麻烦缠身。你是只该死的老乌鸦，姥姥，西尔莎说。姥姥只是笑笑，捡起她的《圣心月刊》，得意洋洋地打开。

当然，这些不过是嘴上说说，一句也别当真。霍妮事后告诉西尔莎，她乐于倾听这些对话，进而思考如果她打算记录他们的故事将如何架设摄影机，是雇用摄影师还是用手持设备，是给每位发言人脸部特写还是营造隐秘拍摄的效果。那个周日，她为包裹在古老襁褓和浓浓爱意中的珍珠许下誓言。

本性

约什在利默里克的一间工厂找到了工作。

每个工作日早上,他在黄色大桥上等早班巴士。他八点上班,四点放工。他说工厂就像寂静的战场。工人坐成好几长列,使用烙铁,或在更简单的操作中单单使用他们的双手,来为电脑组装零件;监工坐在每一列的顶头位置,经理们坐在尽头小隔间的玻璃后面,时不时走出来一排排巡逻,视察,与监工核对情况,与此期间,激烈的战斗不曾停息。战斗存在于压低的嘟囔里,在消极对抗的手势里,在一次又一次偶发的肢体摩擦中,在朋党、同盟与条约的形成、破坏与再形成中,复杂的战斗长期存在。监工被流水线工人所鄙视，他们被提拔到拥有一点小权的位置，就被视为叛徒。农村地区来的工人抱成一团，向来自城市住宅区的工人们叫板。有些团体混有两边的人，然后因为内讧而分裂。武斗有时在厕所里发生，有个年轻的女人断了鼻子。不过管理层是公敌，也是普遍的恐惧对象，因此工人们遵循着一条绝对**缄默**法则。

约什说他喜爱工厂，因为那儿是可以观察原始人性的透澈窗口。他说工厂地板就是每个社会的微宇宙，它的排列、动力学和紧密的层理结构，遵循一个全世界可见的简单模式，但他在其裸露部分的中心，正如一个人缩小后站到一个细胞内，见证生命内部的运作方式。约什讲话时，霍妮一直微笑看着他，脸上的表情在西尔莎看来介于爱慕与饶有兴味之间，就好像他是一只掌握许多拿手活儿的有趣宠物，到头来也不过是一只忠诚又愚蠢的动物，在缺乏慈爱的稳定输送后无力生存下去。

在西尔莎看来，霍妮存在于某种缺乏理性的混沌幸福感中。格拉德尼家的乡间别墅，西尔莎和艾琳、珍珠、姥姥同住的房屋，下坡走一英里远的湖岸，这三者组成的微型三角世界中的每一件事，似乎都给她带去兴味与快乐。在不下雨的日子,她会同西尔莎、童车里的珍珠一连走上几个小时。野餐食物装在珍珠的妈咪包里,旁边放着她的尿片、润肤霜和湿纸巾。她脖子上挂着一台老式方形摄影机。在一个没有风的灿烂晴天,她在湖岸上给交叉腿坐在鹅卵石上给珍珠哺乳的西尔莎拍了张照片。你太美了,她说,你是天生的母亲。西尔莎感到一阵难为情的骄傲,并对这个奇怪的姑娘萌生出淡淡的喜爱。

剪辑

珍珠在地球上生活了一年。

母亲现在有一辆车，掀背车，正面不赖，车身疲惫不堪。珍珠生日的那天早上，她装了一后备厢的填充动物玩偶开车回家，还带了一块巨型蛋糕，上面用糖霜写着珍珠的大名，并用一圈奶油以爱心造型框住名字。她如往常一样，用亲吻铺满珍珠的脸蛋。西尔莎感觉到遥远的模糊记忆苏醒了，那是关于她自己的脸蛋被亲吻的回忆：她刚换好一身衣服，被轻轻仰躺着放回床上，母亲在她上方，亲吻她的脸蛋和肚子，发出一模一样充满爱意的响亮声音。但这段记忆不可能是真的。没人可以记得那么久远的事。尽管画面的边缘模糊不清，感觉却如此真实。她想知道母亲会不会否定它的存在，就像那段有樱花树与狭长背影的摄影师的回忆。

屋子里全是女人。母亲、姥姥、西尔莎、霍妮、基特以及约什的妈妈莫尔，还有莫尔的老朋友、传说中的情人埃伦·杰克曼，以及多琳，她安静而友好，没有一丝姥姥所塑造的暴躁恶妇形象的影子。而在这群人的中心，坐起来使出吃奶劲儿在软垫包围的范围内到处爬动，时不时因为牙齿在萌发而呜呜咽咽，对着一排女人微笑，女人们也回赠以微笑，被所在世界的一切声响、气味、形状和材质所吸引，因此乐此不疲的那个人，就是珍珠，被爱包围的完美无瑕的小女王。埃伦·杰克曼说：难道我们不是故意来添乱的最最奇怪的女巫团吗？她们都哈哈大笑。

霍妮拍了一段录像，存在一盒录像带里，侧面贴着白色标签，上面就一个字：爱。录像是送给珍珠的礼物，她说，也是献给整个家庭的。事实上，是拍给这里每一个人的，她说，你们都入镜了。噢，上帝，姥姥说，小心点。但她自己移动到电视跟前，能挨多近挨多近，兴致勃勃地靠在上面。

宝贝的胶卷录像看起来绝大部分是秘密拍摄，使用一台八毫米古董摄影机，她找约什在尼纳的一个老同学帮忙，将胶卷上的内容转换成视频。无声的画面背景里播放着一段轻柔的钢琴音乐，过去一年她们所有人的生活都在屏幕上铺展开。姥姥将珍珠抱在膝头上，微微笑着。母亲和西尔莎不可思议地手牵手。吉姆·吉尔德在门口抱歉地笑着。她到底是如何捕捉到那个瞬间的？莫尔和埃伦肩并肩沿香农湿地的一条小溪散步。珍珠在她的童车里坐起来，直指摄像机，笑得很灿烂。约什一只手蒙住他漂亮的脸庞，扭过头避开镜头，躲到树干背后去了。而西尔莎甜甜笑着，在她的世界里很快乐。

继承

母亲下班回家，一脸愁容。

理查德打电话说要来见她。这个名字在西尔莎的脑海里徒劳地盘桓了一会儿，终于跟她一个黑眼睛叔叔的形象联系上了，那人曾经称母亲为妓女，还叫她们离开葬礼。母亲在厨房里跟姥姥耳语，但她的悄悄话总是能穿过屋里的各个房间，穿透墙壁与门扉。她正告诉姥姥，他会大步冲进屋里就仿佛他拥有这个地方，他将穿一套西装。肯定是径直从他位于利默里克的办公室过来。西尔莎很好奇她叔叔会在办公室里做什么。隐秘之事，她想，或者至少是神秘兮兮的；她想象他站在一堆屏幕前面，面前是一排坐着的操作员，他的手臂交叠，一根手指抵在嘴巴上，忧郁地思考着人行道上和马路边那些人的行为，厉声下达简短的指令，指定谁有资格去哪儿，谁需要停在轨道当中，谁会被逮捕，谁能获得自由。

多么愚蠢而幼稚的想法啊。不过这幅画面很有冲击力，使人兴奋。她将这个想法好好收藏起来。母亲现在压低声音，用单调的语气说着话，姥姥发出表示同情的声音。理查德来电话了，似乎是这样，为了让她知道她父亲病了，回天乏术。但他的思维依然跟过去一样清晰。他的心脏终于不中用了，想想看。母亲谈到她父亲的心脏时，使用了充满爱的口吻。西尔莎好奇他们的怨恨如何能有这般强烈，又是怎么设法维持了那么久。我们的内心到底有多恶毒啊，母亲正在对姥姥说。我们难道无法让过去的事过去？到底是怎样的黑暗降临到我们身上？你知道，我把责任都归在我母亲身上。她告诉他，说我绝不能再踏进这扇门，这既是为什么葬礼那天他让理查德赶我们走，也是他事后从未试图和解的原因。他无法跟她唱反调，无论活着还是死了以后。

死者支配着我们所有人，姥姥说。他们的特点是他们绝不会改变主意。母亲苦涩地笑出声。她告诉姥姥,她父亲的遗嘱里有一条,规定他们农场东面的一块狭长土地将馈赠给她。浅浅的河谷里躺着那片湖,湖中心的小岛就是理查德与母亲孩童时代度过夏天的地方。但农场保留了湖水的灌溉权。也因此她和理查德被牵扯到一起。但理查德想要她放弃遗产,签字转交给他。去他的,母亲说,那几片田地和我们的水坑是我起码应该得到的。他赢不了污岛女王。

戏剧

珍珠开始尝试走路了。

她努力让自己立起来,并为这一全新的刺激,看世界的全新视野,对重力的最新掌控,表现出开心的大叫,接着砰一声屁股坐回地上,发出甜甜的**哎哟**。她在童车里指指点点,对小鸟、小狗和行人尖叫,对白云、树木和冲上湖岸前滨的小浪花尖叫——西尔莎、霍妮,有时候还有约什就坐在那里——珍珠滚啊,爬啊,试图让自己移动得够远,来靠近波光粼粼的水面,让自己在塞满淤泥的浅滩再施洗礼。

西尔莎想知道霍妮是如何忍受时间与空间如此扩

张。她曾经在城市生活，那里有几百万人来来往往，在同样的狭小空间里碰撞，生活并死去。她的窗外曾有个集市，商贩清晨就开始喧闹，你想买的任何东西都能买到。你可以在那儿购买一个人，如果你有钱的话，霍妮说。西尔莎想到这个就不寒而栗，并害怕起来：她想象珍珠到了那样的地方，门外等着她的是层出不穷的恐怖和刺激，有爱有性，有心碎有欢愉，充满这世上的一切戏码。

宝贝说，她曾有过戏剧性的人生。只要她活着一天，就不愿再卷入狗血里，她说。她跟西尔莎谈到自己的父母，他们可怖的爱情，他们如何相伴还是分开都无法生存，他们聚在一起就如同干柴与烈火。有很长一段时间，她说，她的人生充满恐惧。破碎，混沌，变化莫测。她母亲离开了她和她父亲，再也没有真正回到她身边。她跟别的男人生了更多孩子，霍妮对那个男人几乎一无所知。她给西尔莎讲她的父亲拥有纯洁的心灵和受伤的大脑，以及他在世界另一端一个叫绿鹅村[1]的地方

---

[1] 绿鹅村（Goose Green），位于马尔维纳斯群岛索莱达岛，为马岛战争第一场战役发生地。

的遭遇。他们到底为什么要将我爸爸送去那里？

　　西尔莎希望她可以成为说这句话的人。就像霍妮那样说出来。一种既怒又悲的甜美浅吟。她希望自己能拥有霍妮那样的身高，纤细的手，修长的腿，茂密的发辫。她希望她们沿湖漫步时，那些减速到几乎停下的汽车都是因为她，因为看见她，被她惊艳的美貌所震慑。看到霍妮把珍珠从童车坐椅上抱进怀里，珍珠肉嘟嘟的小手放在霍妮的脸蛋上，她们四目相交，嘴唇相碰，她感觉到一种奇异的自豪和不断翻涌的幸福。她理解了为何霍妮说想要拍摄一段录像，缓慢，安静，毫无戏剧冲突、紧张气氛或暴力镜头，仅仅表现爱的主旨。

迈步

终于成功了,她迈出最初几步。

西尔莎意识到她的关注点缩小到这一件事情上,即她女儿开始了一段可能延绵一百年的旅程。甚至更长:谁又知道医疗或科学可能会有的新突破呢?可能有一天会出现治愈死亡的良方。她想起自己上学时有多么喜欢理科,几乎跟热爱英语的程度相当。也许她应该留下来参加考试。讨厌的修女们。她们应该去克服困难,应该与她臃肿的身体和罪恶的光环同室而居。她听说过一些故事,妇女们在分娩期间,修女们对她们剧烈的疼痛不管不顾,还嘲笑说,你获得了欢愉,现在来体验痛苦吧。充满嫉妒的浑蛋婊子，母亲说。你瞧，这是沮丧导致的，因为人生不完整。嫁给了耶稣。是个好丈夫，至少不会尿在地板上，我猜。上帝请原谅我。

至少蕾莉亚修女会很友善。反正大部分老师都是俗人。她想起她各个科目的排名，来自万神殿的女孩们欺负布丽迪，她们在公民教育课堂上跟老师聊到网球俱乐部的锦标赛，她们都是俱乐部成员，对老师一副居高临下的姿态。老师在她们周围说话也小心翼翼，对她们的家族事业开一些谄媚的玩笑——那么，康西丁小姐对**这个**一定了如指掌，因为她父亲是位**律师**，对不对，康西丁小姐？不过现在都无所谓了。眼下的生活已然可以满足。她房间的墙壁只是略微不平整，因为母亲一丝不苟地使用了铅垂线。她的宝贝快乐地在她眼前成长。她的母亲和祖母站岗守卫，阻挡这个世界的窥私欲与谴责侵入，将每一个疑问，每一次探究珍珠存在的来龙去脉，以及求解她神秘来源的尝试，全部迂回化解。这是西尔莎自己也难以理解的谜团。黑暗中的摸索，模糊不清的错误记忆。总之，毫无乐趣可言，唯一的例外或许是进行到一半时，她有一刻感受到自己脸颊上他的长发，他眼中绽放出片刻的光芒，穿透了黑暗。接下来就是布丽迪，蜷缩在树下湿漉漉的草坪上，伤痕累累。她的父亲高声叫她过去，对她的情况似乎毫不意外，或者说，毫不关心。

那天晚上在起居室，姥姥和母亲面对面坐着。她们把珍珠抱起来，放她站到地上，大叫，走！珍珠，走！她哈哈大笑着回应这个游戏和她们的激动心情，尽力保持直立，从她们张开的两对臂膀之间的小宇宙里往前移动。当她终于开启贯穿一生的漫长旅途时，电视上放起了一首歌，头号暴击击中这个世界，那是她父亲在唱歌。

骄傲

约什和霍妮的生活当然不止于此。

怎么可能是呢?他们外出时,会邀请西尔莎一同前往。但她知道不要将负担强加于他们,他们这么问很大程度上是出于友好。他们有时驾驶约什妈妈的车去沙滩,有一两次他们整个周末都在外露营,就在海崖上。宝贝偶尔随约什坐早班车去利默里克,在那边待上一天,他工作的时候她就去西尔莎不知道的画廊看画,去听起来就像她从伦敦随身带回来的博物馆看看展览。她去看电影,西尔莎便想象她瘫坐在椅子里,两条修长的腿交叉摆放,两只手端庄地交叠起来,电影的光影与色彩映在她褐色的眼眸中。然后到了傍晚，她跟约什碰头，再乘巴士回家，在黄色大桥下车，手牵手沿着偏僻小径步行走回村庄。

一天晚上，尼纳的一间酒馆里爆发了一场斗殴。因为有人开始唱一首歌，是他们即兴编造的蠢话，**噢，霍妮，霍妮，你让我感觉真有趣，你让我感觉棒极了，噢，霍妮，霍妮**，唱歌的将一只手放到霍妮的屁股上，另一只放到她的肩上，一边唱一边跟她在酒馆舞池上跳起舞。大家伙儿大笑着，也跟随一起唱，就连跟约什和霍妮坐一起的好友们也加入合唱。虽说唱歌的舞者并不是他们的友人，据闻他是个好勇斗狠的家伙，还醉得一塌糊涂。霍妮伴随这个笑话在黏糊糊的地毯上跳了一圈，然后抬手将对方推开，那家伙向后踉跄了几步。他站稳后又向前冲，这时约什斜着插进来，给他的头部侧面——那里直接连接颧骨最坚硬的地方——来上一拳，把他揍趴在地。继而引发一顿混战，店主出面插手，为了霍妮和约什的人身安全，将他俩赶出了酒馆。他们搭村里一个人的顺风车回家。自此以后，霍妮的怒火与约什的怨恨一直在发酵，他们之间闷烧着、沸腾着的紧张关系，随时都有重燃的风险。

西尔莎不知道为什么这事让她开心。她试图弄清楚为什么她会对他们之间的不和产生一种冷酷的愉悦感,但她弄不明白。当他们跟母亲、姥姥和她讲述那场斗殴时,霍妮逮到约什正盯着自己肿胀的指节,表现得很骄傲。她突然对他尖叫道,你是个他妈的白痴,你这个愚蠢的傻逼,这没什么可骄傲的!当她身后的前门砰的一声撞入门框时,整栋房屋的基座似乎都在摇晃。

书

关于书他们谈了很多。

有些是她读过的,像是《麦田里的守望者》。母亲有一本平装版,灰色的封皮,正面只有书名和作者名,书脊坏了,胶裂开了,因此泛黄的书页都散了架。约什有次声称他讨厌这本书,霍尔顿·考尔菲尔德是个被宠坏的中产阶级,自以为是的自恋狂,他的反叛没有对象,对着看不见的蠢蛋一阵狂踢。那肯定跟照镜子似的,霍妮说,然后她哈哈大笑,约什也哈哈大笑着说,**一语中的**。西尔莎知道那是什么意思。霍妮的翻盘来得机智,犀利。她想告诉他们她在读这本书时的想法,她有多么喜欢其中霍尔顿想象他妈给他买冰鞋的片段。他妈向店员咨询了个遍，却依然买错了；霍尔顿又是如何述及想到那件事就令他心碎；以及在那一刻，这个来自半世纪前、除了存在于纸墨之中根本没有真正存在过的青少年，在她看来有多么美。在她的想象里，现在霍尔顿拥有了约什的脸庞，他略显窘迫的气质，他的纤细四肢和他的古怪模样，以及他那挥之不去的朦胧的悲伤气场。

但现在约什反驳说**他**根本不是中产阶级，那是来自劳工、农夫、佃户家庭的一个男孩，他的家庭在**工厂车间**做工，看在基督的分上，他甚至不能被视作接近中产阶级。于是她发火了。他们在争吵中使用的词语西尔莎并不完全明白，都是些肯定从来没有在格兰德尼的乡间别墅和主干道之间这片芳草萋萋的乡村小道上说过的词儿，她想知道他们是否是故意排挤她，就好像他们潜在的卑鄙故意要让她感觉信心不足，没有学问，孩子气十足。她想跟他们讲一讲洛娜·杜恩，流浪汉的弃儿，讲讲忠诚的约翰·里德[1]，以及她有多么喜欢那本书的每

---

[1] 出自英国作家 R.D. 布莱克莫尔出版于一八六九年的畅销小说 （转下页）

一页。但她不知道这类书他们是否觉得有趣,有价值或很酷。她表示怀疑,因此一言不发,只是跟他们并肩散步,假装专注于让珍珠舒舒服服,避开坑坑洼洼的地方。

她记起蕾莉亚修女对于詹姆斯·乔伊斯的不屑一顾。他不能写诗,姑娘们,即使他那么聪颖。你们知道为什么吗?*望月,姑娘们,原因就在于此!* **喜诗!身着华服!**你不会逮到叶芝使用这样的词汇!或是可爱的奥斯汀·克拉克[1],甚至可怜的充满自卑情结的卡瓦纳[2]!她很好奇蕾莉亚修女会如何看待约什。她也好奇蕾莉亚修女会对她说什么,或者说关于她的什么,如果她,西尔莎,成为一名作家,在书店的书架上拥有一本书,畅销首榜,一本关于一家的女性共同生活在一间小屋子里,交战了一辈子的故事。但她的梦想有些异想天开。

(接上页)《洛娜·杜恩》,该书以英国历史上的一个动荡时代为背景,即十七世纪末詹姆斯二世与蒙默斯公爵之间为争夺王位而引发的一场内战,叙述了男主人公约翰·里德与洛娜·杜恩之间历经患难终成眷属的爱情故事。
1 奥斯汀·克拉克,加拿大作家,具有复杂的文化背景,创作主题围绕黑人的身份问题。
2 帕特里克·卡瓦纳,爱尔兰著名诗人、小说家。

约会

母亲开始约会。

这个词从她嘴里说出来显得荒唐可笑,就好像她在戏仿或是演哑剧。她过浓的妆容和过短的裙子使这种荒唐感更加明显。姥姥没说什么,只有几句很有见地的俏皮话。唔,艾琳,你要么换个更小的屁股,要么换条大点的裙子。滚一点儿去,母亲回嘴。你到底要去哪里?去尼纳看画儿,或许再去罗基·奥沙利文家喝一杯。画儿,姥姥哼了一声。你顶着这张老脸还想学年轻人逛画展。这位神秘的绅士又是谁?怎么就不许我和西尔莎还有珍珠去见他一面?这算什么大秘密?他没结婚吧,有吗？

没有，玛丽，他没结婚。他老婆死了。是吗？那真方便。方便？他老婆死了所以方便？行了，玛丽，我不想跟你争吵。噢，别担心，姥姥说，将她的羊毛开衫紧紧地披在胸前。一点儿也不担心。我要操心的事多得很，有个儿子在监狱，另一个是妻管严，还有一个埋在约阿拉拉山的墓地，轮不上操心你和你的梦中情郎。快去享受吧，千万别回头。我和我的姑娘们会好好的。对不对，姑娘们？**约会！**珍珠突然大叫一声。**约会！约会！约会！外婆要去约会！**

她们透过客厅的窗户，看到一个男人在路缘停好车，下车为母亲开门。高个子，大概五十多岁，比母亲大不少。方下巴，头发花白，默不作声中献着殷勤，是一个低调的富裕庄稼汉。他的夹克外套领口和长裤裤腿都恰到好处地翻着边。他看起来人畜无害，为人体面，温柔敦厚。姥姥哼了一声，多少有些认可，然后走向沙发将珍珠抱到腿上，对她唱歌。珍珠缩在曾祖母的怀里，一脸严肃地听着这首悲伤的歌，歌曲围绕一名被逮捕的叛乱者和一位即将守寡的妻子。

情事戛然而止，一如它的开始一样突然。母亲有次约会回家,太阳都还没下山,她哐当一下将车门在身后关上,男人怒气冲冲地给发动机加速,车开走时车轮转得飞起。西尔莎听到她跟姥姥说,我没想到他会生气,我真没想到他会那样。然后姥姥又恢复到她最贴心的模样,她将手抚在儿媳的手上,这个儿媳是她最好的闺蜜,也是与她一同生活的女人。她说,艾琳,亲爱的,他们**全**是讨厌的小宝宝。他们想要什么你就得给什么,否则就会踢打,尖叫。你根据自己的情况,一点一点给他们,这样他们就会哈哈大笑。这些可爱的女人哟,他们会哈哈大笑。

小说

约什在写一部小说。

一个下雨的周六,约什开着他妈妈的车去利默里克的路上,他一路都在跟霍妮讲一个叫比利的男人的故事。直到他们来到市郊,西尔莎才意识到比利不是真实人物,是约什虚构的。身前没有抱着珍珠,无须加以关注,她就被解除了武装,变得缺乏自信。她觉得有义务加入对话,这种感觉越来越强烈,去讲些有意义、有趣或有见地的话来鼓励约什,向她面前闪闪发光的人们证明,她与他们同样聪明。她听到自己说的每句话都声若蚊蝇。尽管西尔莎说话时霍妮每次都转过身笑着看她,一种由衷的灿烂笑容,似乎西尔莎的话能令她快乐,她会点着头对约什说,瞧见吗?西尔莎认为比利的故事是个好点子。

约什似乎对西尔莎的认同颇为感激,或者,至少是摆出感激的样子。他从后视镜里朝她眨眼睛,双眸中暖意融融,还带着其他情感一闪而过,某种会意的幽默,仿佛他可能会嘲笑她,但却是以深情的方式,正如因为某些天真可爱的小缺点,可能对小妹妹报以嘲笑的慈爱的大哥。这时她更想念珍珠了。没有她的孩子在身旁,她又退化成孩子气的状态,坐在汽车后排扣上安全带,由这些成年人带去购物中心开眼,这些成年人晚上会同床共枕,会谈论西尔莎闻所未闻的图书、作家和电影,会乘飞机来,住在并非他们出生地的乡村里,经历过她只能幻想的事,洞察她可能永远不会懂的世界与人生的种种机密。

他们穿梭于购物中心的各个大厅,欣赏店铺的门面,观察密密麻麻的拥挤人群在这地方进进出出,摩肩接踵。她感到跟她的朋友们之间更融洽了,更配得上他们的陪伴。霍妮时不时,看起来几乎是毫无意识地,将手放在西尔莎的手臂上,在她指向橱窗里的某样东西或是令她觉得特别滑稽的某个人时,她会轻轻捏一捏西尔莎的胳膊;她大笑时,会向西尔莎倾靠,完完全全挽起她的胳膊。被人们看见自己与如此标致的人物一起出现在公共场所,行为举止中仿佛她与他们是平等的个体,一种喜悦与自豪感在西尔莎内心迸发。

他们停下歇息的咖啡馆里,就在她从洗手间回到他们桌边的时候,她看见他们在接吻,绵长而温柔的吻。当他们分开后,他们笑盈盈地在沉默中对视良久。西尔莎感觉内心出现一种奇怪的不同以往的悲伤,隐隐作痛。

释放

有传闻鲍迪被再次放了出来。

姥姥每个月都跟克里斯去六十多英里外的监狱,每次都带回来她这个二儿子身上各式各样的蜕变故事。他似乎将过去的自己彻底隐藏,现在走起路来总是腰板挺直,下巴抬高,带点行军步的方式缓缓向前,姥姥说,而在之前,他在里面总是没精打采,走路时老盯着眼前的地面,几乎为自己的存在感到抱歉。她还告诉他们,其他桌上的男人们有些会为他让位,即使他们没有挡道,人们似乎尊敬他,甚至畏惧他。而且他现在说爱尔兰语。噢,没错。爱尔兰语,想想看。他上学那几年他们根本没办法把哪怕一个爱尔兰语单词塞进那孩子的脑瓜,现在他在那栋监狱里坐下,开始给我和克里斯滔滔不绝讲那种语言,说得就跟他是在大西洋一座小岛上出生、成长得一样好,嘴里一个英语单词都没有。我想他期待着我们用爱尔兰语回话。我哪天要顶撞他一次,然后瞧瞧其他那些粗人有多么惧怕他。我也跟他说了。我说,你也不算多大个头,那么强壮,拿一条皮带照样把你抽下椅子。别再讲爱尔兰语。我跟克里斯开这么远不是来听你胡言乱语的。

但姥姥根本是言不由衷。她对鲍迪的进步、新晋的自信与权威感到骄傲。对于他令人生畏的事实,她十分受用,或至少人们提防着不敢惹她生气,就因为害怕失宠于他。鲍迪宣誓效忠的组织到底有多大影响力,人们不得而知,看起来他是用勇气与杰出表现来尽心职守,组织对他保持信任,这也是他腰板挺直、下巴高抬、带有神圣不可侵犯的气质的原因。她每天狂热地为他祈祷,眼睛紧闭着思索关于生与死,以及其间众生的所有悲伤谜题,他们的艰辛、挣扎、零星的欢愉,祈祷他会被释放,祈祷他会幸福地活下去。

但上帝没有听到她的话,就算听见了,也无视她的祈求。四月一个狂风大作的阴雨天,吉姆·吉尔德将他的警车停在屋外头,神情肃穆地走过院子,出现在厨房里的他身穿警服,眼睛低垂,手里拿着警帽。他告诉玛丽·艾尔沃德,她的儿子鲍迪死了,被人发现死在密德兰监狱的囚室里,于半夜睡梦中离世。

尊重

尽管西尔莎听过那么多谈论死亡的话,但她对死亡的真相知之甚少。

鲍迪滚圆的身体,手臂、双腿和宽阔胸膛上厚实的肉层,粗壮的手指,坚硬的手掌,如今都变得毫无生机,死气沉沉,一想到这就使人难以承受。他的面庞显得安详,但不真实,那是一副她叔叔的蜡像,他的嘴角被向上拉扯,戏仿着浅笑,她想,这是尝试给他的死亡强加一种平静的假象,仿佛快乐地遁入极乐世界,与逝去的心爱之人聚首。他停尸于这间农舍的前厅,由一条天鹅绒长绳纵向一分为二,来宾与离开的人便可以分隔两队。吊唁者从乡间小道一直排到大马路。克里斯随同他的母亲站在他兄弟的头部一侧，虽然心碎却竭力表现得很男人。姥姥的眼与嘴显得刚毅，摆出蔑视的样子，坚守着自己的尊严。第二天，在祭坛和墓地旁，陌生人讲述着鲍迪的人生。演讲者描述的那个人对西尔莎来说很陌生。她想对人群大喊，记住他的手，它们多么大，多么强壮，他是如何用这双手将她抱起，高高举过头顶，吊着她转圈，永远称她**小宝宝**，即使在她拥有自己的宝宝之后。

一群戴黑色贝雷帽和墨镜、嘴鼻处蒙着围巾的男人，在鲍迪的棺木被人们扛起穿过约阿拉拉山墓园的铁门去往他的家族墓地时，排成两列走在后面。由三色旗覆盖的鲍迪被放入黑暗的地下时，其中一人用爱尔兰语高声下令，他们敬礼致意。科特神父为他们暂停了葬礼祷词，却又表现出他们不存在似的。棺木接触墓底泥土的一刻，克里斯发出一声怪叫，它的突然性和陌生性叫人心惊，那是极端痛苦的哭号，令人心碎的悲鸣。

他们离开时，母亲的兄弟理查德正站在门口。他的眼睛在一道突然迸发的惨淡阳光下变得深邃，透出摄人心魄的蓝色。她记得它们是深色的，接近墨黑。他向母亲伸出两只手,母亲迎上去。她对他微笑,低声问,你他妈来这里干吗?他回以笑脸,说他是来致意的。你收不回那块地,母亲说,她的嘴几乎触碰到他的耳朵。

理查德轻笑几声,将一只手放到母亲脸庞上,她的手抚在他的手上。鲍迪墓穴上的泥土被几名好街坊用铲子堆成利落的山包,绿色和白色的花环套在上面,这时,从湖上吹来一阵强劲的清风,迅来迅止。

潮流

没人有办法阻挡潮流,但潮流总是自行变换风向。

姥姥变得消瘦了点,脾气更臭了些,但没过多久,又恢复了代人做九日祷告和每日弥撒的常规生活。母亲和西尔莎密切关注着她,生怕她再次病倒。但她牢牢抓住体内的活力,就算精神损耗不少,依然重整旗鼓,过了几周,又过了几个月,她渐渐重掌这个由艾尔沃德家的女人们组成的小家庭的大权,对在她温暖的轨道里进进出出的那些人重拾兴趣。

宝贝如今告别偶尔做女招待的生活,走进艺术学院,做了教授电影研究课程的助教。因此她一周有三天同约什乘巴士去利默里克，只有一天来找西尔莎和珍珠散步，或是同她们坐在厨房或客厅，聚精会神听姥姥上朝。现在她们在湖滨路散步时，霍妮似乎常常分心，老在思考遥远的、复杂的、抽象的东西，那些东西很重要，但太缥缈了，是西尔莎的未知领域。

她跟西尔莎讲约什正在写的书，说他是个相当厉害的作家，但那本书本身是疯言疯语。疯言疯语？没错，特别怪异，黑暗，他似乎成了这本书的囚徒。书虽已完稿，但他不断挑毛病，改动一些细枝末节，然后又改回来，霍妮说。他拿来一些节选给我读，然后就坐在旁边观察我的脸，静候某些我自己甚至没意识到的表情，然后他开始发飙，说我厌恶这本书，说我厌恶他写的书，说我厌恶他。我不知道该怎么办，西尔莎。他非常不快乐。我怎么才能令他重新快乐起来？

但西尔莎不知道。快乐是一个奇怪的概念，被电视节目和日间电影漂亮地包装进特写镜头，在屏幕上骤然绽放，但在现实生活中，它面目模糊，只是一种含糊不清的理想。当然，她希望珍珠快乐，拥有纯粹、简单的快乐，她认为她正拥有。她哭得少，笑得多，用充盈的欢乐统治她的小王国。相较于女儿，约书亚·埃尔姆伍德的心似乎深不见底，捉摸不透，那是一种不可想象，或者说，不可理解的东西。

我不得不离开他一段时间，霍妮说。我想让你替我照顾他，西尔莎。他的母亲和姥姥对他爱得深切，但她们不像我们真正了解他。你会照顾好他吗，求你了？西尔莎点点头。于是霍妮·巴特利特弯腰亲吻了珍珠的小脑袋，她们继续下山。一群椋鸟盘旋了一阵，向平静的湖面俯冲。

爆裂

西尔莎具体要如何关心约什,这个问题从未得到适当的答复。

一个下雨的周二早晨,霍妮过来含泪道别,在此之后她们有好几个星期没有约什的消息。等他终于上门拜访,他祖母也陪同在侧,他们不过是在去往圣泉重新蓄满基特的蒙福之水库存时顺道过来。他在那次拜访期间话很少,坐在地板上用乐高积木跟珍珠一起搭建小屋,认真听取她的指示。他和基特准备离开时,珍珠哭喊说约什还没拼完小屋,于是他从门口折返,再次在她身边跪下把活干完。珍珠心满意足地说,谢谢你,达西,你可以走了。他们都被她的口误，她可爱又天然的大佬气质逗得开怀大笑。

西尔莎在考虑是从村里出发，走路去格拉德尼家所在的诺克高尼山，就像过去经常做的那样，只不过那时有约什和霍妮陪伴；还是说跟他们约个时间聚一聚，一起去城里，或是看电影，或是就跟他们在乡间别墅背后长长一排附属建筑里呆坐。那座乡间别墅是帕迪·格拉德尼跟女婿兼挚友亚历山大在迷雾笼罩的过去的某个时候修建的，约什时常在那儿架一个画架作画，房间里有一张低矮的书桌，上面堆着书和纸张，还有一张显然是霍妮与约什共枕同眠的床，总是凌乱不堪，一旁的地板上，有一只常年堆满的烟灰缸。她一见到这烟灰缸就会兴奋，却搞不清原因。有可能是它电影似的颓废气质，让人想到约什与霍妮在月光下坦诚相见，做爱后身体散发着光泽，不挂一丝被衾，躺在那里分享一支烟。她无法想象自己出现在这样的画面里。即使她对人生、死亡和这两端之间的幽暗角落有了这么多了解之后，她仍然不知道与爱人整晚躺在一张床上是怎么一回事，没羞没臊地光着身子待在某人身边是什么样子，真正的做爱可能会是什么感觉。

照顾他，霍妮离开的时候说过。可能只是关心下就真的足够。可能她不必太投入，只需偶尔去探望，给予几分关注，关心他怎样，是否没有爱人的陪伴会倍感孤独。他的爱人正在英格兰北部的某个地方拍摄一部纪录片，显然春天的余下时光和整个夏天都将待在那边。

就在西尔莎做这些漫想时，在房间对面扶手椅里打盹的祖母，体内某根高压的血管爆开，她的脑袋里开始了缓慢的、破坏性的大出血。

关心

这间房光线充足,这难道不是一种福分吗?

我讨厌待在昏暗的屋子里,姥姥说。利默里克的医院光线很暗,他们把我塞进一个旁边有巨大立柱的角落,于是我看不到窗也见不着门。我隔壁那人的状况糟糕透顶,每次有医生或护士望她一眼,她都鬼哭狼嚎地乱喊。我有天对她说,如果你能叫那么大声,那你一点毛病也没有。结果她火冒三丈。我不喜欢他们扎我,她说,一逮着机会他们就用针扎我。于是我告诉她,你有权利回家去,而不是折磨我们这些不反对被治愈出院的人。我有天早晨醒来,她不在了。是回归凡尘还是升往天国家园，我不知道，也没问。

姥姥把相同的故事讲了一遍又一遍。有时母亲会叫她闭嘴，告诉她如果她一天要把这个该死的故事听二十遍，她自己都得中风。姥姥会动怒，抬起下巴表示出轻蔑，把电视机的音量开很大直到母亲闯进来重新调小，指责姥姥不仅耳聋还成了瘫子。姥姥会说，想想看，竟然那样对我说话。但西尔莎想象不出母亲**不**那样对姥姥说话的样子。她乐于见到母亲不为所动的无礼个性，她独特的爱的表达，她也知道姥姥对母亲的爱一直都是如此粗暴。

姥姥的左半边身子动不了。我那一半跑了，她说，另一半在后面苦苦追赶。不过她的左胳膊和左腿还能稍微动弹，她的医生说，她甚至有可能再次行走。一位理疗师一周来两次，那是个不出众的女孩，说话口音十分文雅，姥姥说这样瘦小躯体的一双手比你以为的要强壮很多，但总是冰冰凉。她活动姥姥的手臂、腿部，还留下每日锻炼的指导说明，由西尔莎或母亲，甚至是时常来探望的多琳或克里斯来完成。他俩似乎对对方的陪伴而感到快乐，虽然仍旧没有包养情妇或生小孩的迹象。

约什会在放工后的傍晚过来。夏日继续，眼看到了春分时节,他成了玛丽·艾尔沃德床侧的每日访客。病床的机械化程度很高,摆在她儿媳家的客厅正中央。他坐在那里陪伴她,西尔莎悄无声息地享受阅读,或是跟他闲聊他的一天、工厂车间和其中的钩心斗角。因为他们听得入迷,姥姥备受鼓舞,便把她的人生故事娓娓道来,讲述人生中遇到的所有人,活着的、去世的,还有如果她重获青春想做的所有事。

忽视

没有霍妮在身边,约什的话变少了,似乎也没过去自信了。

又或许是因为他觉得西尔莎不够风趣,不值得花精力组织生动的语言。她看着他跟姥姥讲村里的新闻,那是从他母亲和祖母那儿转述的二手故事。母亲进进出出,西尔莎可以听到她从厨房传来的笑声或轻声的惊呼。西尔莎对约什说话时望向她的次数进行了统计,有时数字是零。就好像她根本不存在。

在早上及午后母亲上班的时间,西尔莎和珍珠将她们的注意力全部给了姥姥。珍珠开始能爬上高高的床,有板有眼地靠在床头护板上，用娃娃和泰迪熊建造村庄，还把姥姥囊括进它们的小社会。姥姥是很好照料的病患，除了一杯茶、一片面包，不时要一片烤咸肉片以外，没有其他要求。等我能站起来，我们要出趟远门，她有一天说。我们所有女人都去。我们往西走，住在海边旅馆。这难道不会很有趣吗？上帝，肯定会。我现在就期待着用我可怜的双脚站在海里。你知道吗，盐水有绝佳的治疗效果。在有些傍晚，母亲和西尔莎会把床放下来，把姥姥转移到轮椅上。轮椅也跟她的床一样是从中西部卫生局租来的。然后用轮椅推她到卫生间，她们把她架在中间，扶着她用那条好腿支撑着站起来，西尔莎用尽全身力气支撑姥姥，同时母亲迅速脱下她的衣物，然后让她坐到浴缸边缘，抢一个半圆使她用坐姿进入水中的浴座。调节恰当的温度很重要。母亲经常花二十多分钟调节水龙头，边调边骂，骂她的温度计有毛病，之后才将姥姥放入洗澡水中。当姥姥抱怨水温太冷或太烫，母亲就会告诉她温度绝对正确，跟一贯的温度分毫不差，并让她闭嘴否则会他妈溺死她。姥姥会尖声大笑，像一个长着老年斑的白发小宝宝坐在浴座里，等她回来给自己打肥皂。

如果约什恰好在洗澡时间到了，他会在起居室或厨房里等待，耐心地与珍珠玩耍，从不居高临下，甚至不会去迁就她；他总是被她说的话及做的事深深吸引，珍珠在他身边似乎得以成长，语言方面有了更多尝试，说得更清晰，句子也更长。有时候西尔莎会把她母亲和祖母单独留在卫生间，任她们拌嘴，溅起水花，互相威胁，她出来坐着观察约什，好奇他在想什么，甚至思考他为何会在这里。

迷恋

真相终于被道出，或者说，道出的是一个随便说出口的版本。

一句话可以包含多少有关一个人隐形的、沉默的、内在的想法的真相？那句话是：那个男孩被你迷住了。这话是姥姥说的。西尔莎置若罔闻，但姥姥步步紧逼。西尔莎，你到底意识到没？那个男孩被你迷住了。西尔莎假装不知道姥姥所指为何，所指为谁，继续将坐垫从起居室地板上拿起来，整理放好，将姥姥床头柜上的报纸和杂志堆整齐。她又说了一遍，提高嗓门。西尔莎！那个男孩被你迷住了。

姥姥，你在说什么屁话？即使在她这么说时，姥姥断言里的某些真相的柔光，努力抵达西尔莎想象世界中的幽暗之地。她再次见到约什时，他正平静地消磨时光，给姥姥读报纸上的故事，带着耐心的甜美笑容听姥姥讲自己的故事，时不时将长长的刘海从棕色的眼睛上拨开，瞳仁里流露出深深的疏远的悲伤。这些想法令西尔莎的腹部火烧火燎，给手脚的指尖带来麻酥酥的感觉，就仿佛她的心在那一刻获得了启发与顿悟，它全然忘我，于震惊中颤抖，暂停，继而才恢复稳定的节律。

他的情况棘手，愿上帝保佑我们。但他为什么不会呢？你是触手可得的未来，确实如此，而且是个了不起的女孩，还是位伟大的小妈妈。在如今这个时代，给不同男人生孩子并不会妨碍浪漫关系。**姥姥！住嘴！**我可不会住嘴。看着你们无视对很令人心痛。你以为他为什么隔天晚上都上这儿来？你以为是我这个半身不遂，跟爱尔兰一样老的老骨头吸引他走进那扇门？我都老得不成样子了。那位女士离开了他，连一句请你原谅都没说，就我看来，已经放弃他了。知道吗，你的祖父在我们谈恋爱期间跟一个坦普尔德里人搞得热火朝天。有好一阵他脚踏两条船，直到我们同时出现在金色溪谷舞厅的一场舞会上,她的兄弟也在场,他们把他结实打了一顿。这才了断。

所以快上,孙女,姥姥说。以上帝的名义,趁热打铁,行动起来。停下,姥姥。我绝不会对霍妮做出那种事。而且,不管怎么说,你都错了。他并不关心我,起码并不比作为朋友更关心。

嗨,朋友个屁,姥姥说。她现在似乎相当气恼。你只能活一次,没有哪个女人花时间跟男人做朋友。男人不是用来干这个的。

行动

该怎么办?

西尔莎对自己作了一番悲哀的评估。年龄二十一岁,有个三岁的女儿。没有毕业证书,甚至从未上过班。从未正经有个真正的男朋友,除了欧辛。但欧辛顶多算心仪对象,在青春期中期发展为痴迷,然后于一场暴怒中在尼纳的一条小巷里闹掰了。除了未必是生父的父亲都不知道其活着的女儿之外,在她与母亲、祖母共同居住的乡村——没人听说过,夹在山腰与湖水之间——小小社区里的一栋小平房的狭窄藩篱之外,她人生中的最大乐趣就是一场友谊,现在看来要因为一个伦敦来的女孩而告终。对这名她几乎一无所知的女孩，她的喜爱与嫉妒交织，程度不相上下。

如果需要对姥姥话里的真相做点什么，就必须由约什来实施。她绝不可能采取行动。那怎么可能有用？她要在某个晚上趁姥姥打盹时偷偷接近他，把嘴唇贴上他的嘴唇吗？或者对他悄悄说，我们去散步吗？然后在散步时牵住他的手，看他会否把手抽走？她想象自己做一些疯狂事，譬如当他挨着她坐在沙发上时，冷不丁去咬他的耳朵；或是把手指伸进他的牛仔裤后面，把他向后拉倒在地，然后骑跨到他身上，用她的膝盖固定他的双臂，一下又一下扇他的脸，直到他的脸颊火辣辣地发红，他震惊的大眼睛里噙满泪水。爱我，不是爱她，而是爱**我**！

已经过了六周，霍妮没有来信。她有西尔莎新手机的号码，但她没有如约打电话或发短信。约什没有对西尔莎提及任何她的情况，每当姥姥问及，他都说她很好，她过得很好，但他的话显得平淡，空洞，生硬，一种机械般的应答，没有包含真正的信息。他的耳朵尖儿和颧骨上方有些红晕，就像那些撒谎者或感到尴尬的人。每次发生这样的情况，姥姥都会对西尔莎使眼色，挑眉毛，并同时冲约什的方向点点头。肯定有几次他看到她这么做了，但他假装没有注意。

西尔莎想要约什。想要得厉害。她对霍妮的记忆如今已经划伤了，变质了，它们的纯洁被玷污了，对约什的欲望使它们的单纯腐化了，她想将脸贴上约什赤裸的胸膛，感受他的心脏在那里跳动，再将她的双手分别放在他漂亮又哀伤的两颊上，她的嘴唇贴上他的嘴唇，将他的头发从眼睛上拨开，说道，我爱你，然后听他对自己说一遍。

风流韵事

你是如此称呼这类事的吗?

约什说这个词暗示着不正当和越界。但他们这回事儿与此不沾边。这回事儿?你知道我是什么意思,我们的……我们的……他似乎找不到一个词来解释他们的这些行为:穿过湿地,沿一条始于村庄、蜿蜒在溪水旁边的小路,一路走到湖滨,并在那片小小的半月形卵石滩驻足,并肩坐在一棵外皮光滑的树木矮壮的枝干上,搂住对方接吻,时而激烈,时而轻柔,舌齿交错,吻技夜益高超,配合对方的动作与习惯不断调整。

他花了那么久才去吻她,这真可笑。在姥姥的要求下，他们单独出门散步，头一个晚上，他俩都意识到这事显然会发生。他们之间的空气里，有什么东西噼啪作响；他们相处的空间及他们的皮肤表面，原子躁动不安；他们并肩走着，空气潮湿闷热，两人之间的沉默空间膨胀得巨大，间或听到西尔莎评论说姥姥特有趣，约什回应说她是个不错的怪人，他很喜欢她，他喜欢上门拜访她们，可以打破工厂和乡间别墅的单调生活，他说他爱他的母亲和祖母，但她们有自己固定的安排，他不得不去配合，或者别去碍事，西尔莎差点问他霍妮的事，问他俩怎么能对她做明知正打算去做的事，但第一晚他们什么也没做，第二晚也一样。他们第三次沿着溪畔抬高的堤岸散步，脚下是缠绕一团的厚厚的夏季植被，他们走到水边的树下，隐身于世界之外，终于在羞涩和犹豫中，他像一个从没见过世面、毫无建树、没有跟如霍妮一样漂亮的女孩子欢度无数良宵小男孩般，拾起她的手握在手心，呼唤她的名字。他只叫了一次，她转过头来面对他时，他吻了她。

在他们交往的这两周的末尾，有一晚约什将她从树枝上拉下来，拽到水边柔软的湿地上，他们几乎不着一缕，头顶的天空一片凝滞的冷蓝。在上方，约什的双眼闭上了，她很好奇为什么他没在看她，她正打算告诉他快停下时，他把眼睛睁开，她瞧见那双眼仁里反射着她自己的目光，她几乎相信她所看到的就是爱，火热地燃烧着。她把他拉到身下，进入她的身体。这就是爱。这就是。

笔记本

她好奇他与霍妮之间的故事。

她有权知道吗?他几乎从不提及她,提到时他会视线下移,她猜是出于惭愧,或者对自己的行为颇感尴尬。她迫切想知道他到底怎么想的,却不敢亲口询问。她想要像霍妮那样世故又老练,见多识广,可以不费吹灰之力本能般地接收到人们发出的暗示与信号,从别人话语和行为的空隙里领悟真相。她令他感到尴尬吗?在被瞧见与她一同散步,或者用他母亲的车载她时?她比他年轻,但也只是小几岁。可能珍珠是个问题,尽管他看起来很爱她。他有次问过谁是父亲,当她如实相告时，他大笑着说，好吧，懂了。她不打算强迫他相信自己，他也没再问过。珍珠的父亲如今赫赫有名。但每当她想起他，或是在收音机里听到他，在电视上见到他与乐队一同亮相时，内心涌起的情感不过是一种模糊的印象，关于他在黑暗中的身影，以及她睡在他身下时被他的头发挠得脸发痒。

母亲知道他们之间的事，姥姥自然也知晓：某种程度上这全是姥姥的主意。如今她的目的达成，便对这场罗曼史缄默其口。西尔莎本来期待着密谋的对话，挤眉弄眼和手肘暗戳，以及心知肚明的微笑。但现在约什来访时，姥姥却换上一副怪异的冷漠态度，气氛里弥漫着时轻时重的难堪。他仍然来做客，耐心地坐在地板上陪珍珠规划她的小小世界，或者坐在姥姥床畔的扶手椅里，甚至推着轮椅里的姥姥去下方的湖滨路，如她说的那样"尝尝鲜"。不过是去"尝尝鲜"，小埃尔姆伍德。别推我走太远，否则你没法把我弄回家。过了不久，他们之间的氛围再次变得轻松、畅快。霍妮沦为一个抽象事物，成了内疚引发的一阵朦胧而遥远的战栗，转头便抛之九霄。

一个夏末的傍晚，在曾与霍妮同居的他祖父母的乡间别墅里，约什在一间房的角落给西尔莎展示了一沓 A4 大小的笔记本。它们叠放整齐，封面覆了膜，每张封面上有一块很宽的白色贴标，上面一目了然地概括了这些陈旧笔记本里的内容。**笔记**。**诗歌**。**故事**。**比利·希尔斯的故事** 1。**比利·希尔斯的故事** 2。**比利·希尔斯的故事** 3。她问他谁是比利·希尔斯。他沉默许久。她想知道他是否听见她的问话。终于，他把头发从脸上撩开，说道，比利·希尔斯是我。她这才意识到他在哭，她不知该如何去问缘由。

魔鬼

有时他会说些奇怪的话。

像是他时常感觉周围有魔鬼。她知道,他这么说是想看看她的反应。他们正赤身裸体躺在他的床上,盖着一张薄毯。他的母亲和祖母进城去了,珍珠安全地跟母亲与姥姥待在一起。他们有好几个小时一同消磨,一切都那么美好,那么刺激,事后又是如此轻松宜人。她可以理解为什么人们对性谈论得那么多,堪称痴迷,为此著书立传,为此拍摄影片,为此互相残杀,并将其作为各类艺术的主题。当你做爱的对象是你所爱、所信任的人,当对方想要取悦你,他们的思想、点子、触感会如此吸引你，足以点亮你内在死寂的黑暗，使你感觉一股暖流从头顶流向每个脚趾尖时，这件事就变得如此美妙。

接着，这些意外的小小声明轻而易举地入侵，给她的幸福带去刮痕与波动，久而久之，幸福开始撕裂，流血。就是这些突然而至的，有关魔鬼、黑暗、充溢人生痛苦的古怪低语。他为何要对她说这些？她躺在那里，默然地将头枕在他袒露的胸膛上，而他缓缓抽着烟，将一缕缕蓝色的薄雾吹向天花板，就仿佛是他觉得有义务说点标新立异、出人意料的话，说点与他对自我的认知和谐一致的话，或是他希望她对他有这样的认知。一个黑暗的、紧绷的、复杂的个体。但她以为他是个善良的帅哥，对自己稍有些不自信，有时候在某些特定场景中表现出讨喜的傲慢，就像一个孩子，深信他十分擅长自己刚接触的新事物。

他捻灭香烟，拿出记载比利·希尔斯故事的其中一本笔记本读给她听。起初，它听起来像一首老派诗歌，继而变作一个男人的故事，他醒来不知自己身在何方，也不知自己的身份，他被几名幽灵似的人物照顾着，被喂饱肚子，灌下甜腻的麻醉剂，以便让他处在他们的掌控之中。他声情并茂地讲述这些部分,嗓音时而激昂高亢,时而虚弱沙哑,时而是刺耳的低诉,而后他突然停下朗读,凑近看着她说,这些都是魔鬼低声告诉我的。它对着我的耳朵低语。他问她,这是否吓到她了。她点点头。她知道,他乐于见到她害怕。这一认知压迫着她的心脏,引起某种凄惨的哀伤感,这是她从未有过的。

沦陷

但他大多数时候仍然英俊美丽，总是温柔体贴。

即使当他说着奇怪的事，给她读那本霍妮曾和她说是疯言疯语的小说时。霍妮又知道些什么呢？她是跟约什截然不同的艺术家：她似乎痴迷于从人们的姿态和说话的方式里捕捉这个人的特质。她会花上好几天让约什介绍她认识这个教区最年长的人，她用自己的小摄影机记录他们口述自己的故事。像是迈奇·布莱斯那样的人，他是一名建筑工人，独自住在湖滨路上一栋逼仄的茅草屋里，屋子正好坐落在湿地的入口处。每个人都说他母亲是个女巫，过去总为妇女和小女孩解决各种疑难杂症。还有布丽奇·托比，一个游民，住在极为狭小的房子里，房屋的山墙上固定着一个马车轮。

她感觉自己沦陷得越来越深。清醒后的瞬间，她立即想到他。妈，妈，妈，珍珠会大喊，她的声调越来越高，努力获得她母亲清醒后的关注，尽力迂回地重返自生命之初她就毫不费力占据的位置，即她母亲的焦点。不过，西尔莎如今时常心不在焉，一连几个小时地望着窗外，直到他如期出现在小区的入口处，左手甩动带去单位的工具箱，另一只手里是给她或姥姥的小礼物，一瓶酒或一盒巧克力，又或者一本书。看在上帝的分上，姥姥有天说，你能不能抽身出来，姑娘？我要知道你会像这样丢了魂儿，绝不会像之前那样煽动你。

宝贝寄来一封长信。她在苏格兰，高地海岸之外的一座小岛上，拍摄一部有关女人们独立开垦贫瘠土地的新电影。她的信里写满她共事的那些人和他们镜头下那些女人的细节，却只字未提拍摄何时结束，也没说归来的时间。西尔莎幻想着暗淡未来的某一天，一封信寄来，霍妮说，没关系，你和约什的事我全知道了，我希望这事会发生，我爱你们两个。代我向我的教女问好。再见。于是霍妮会被神化为某种他们爱情的守护神，或是守护天使,散发天光的美丽造物,全知全能,有爱且崇高。

不过她那冷酷、明智的部分自我,相信这事绝不会发生。尽管她沉浸在头一次莽撞地闯入爱情的快乐中,一部分的她已然感到不可避免的痛苦所带来的苦涩滋味。

天堂

我们像谁?

狄兰·托马斯和薇拉·菲利普斯？F.司各特·菲茨杰拉德和泽尔达？叶芝和乔治·海德-里斯？我们跟他们全都不同，她说。以上所有人都死了。而且这些女人听起来都长着一张马脸。她发现自己希望他在她话里的留白处接腔，说些关于她的脸蛋的话，至少可以暗示他对她的外貌的看法。甚至可能将他的手放到她的脸颊上，抚摸它，亲吻它，并且说，你看起来跟她们都不一样。她想要他说她长得好看，她的渴望那么深，这令她感到难受。不过他又故技重施：他从自身抽离出来，浅浅地遁入孤高的姿态，这是他做爱后惯常的样子。他躺在一边，与她形成一定角度，一只手枕在脑袋下面，抽着烟。可能我俩都死了，他说。可能我俩都死了，这里是地狱。

她站起来，从地上拾起她的鞋子，将其中一只狠狠砸向他的胸口。有一瞬间他看起来像被激怒了，但却没有反击。这个周六的开头十分美好，他早早就上门找她，问她是否想要散步去湖边，于是他们去了，还带着珍珠，大部分时候她牵着他的手走，一刻不歇地说着甜蜜的胡话。接着整个下午他们都沐浴在阳光下，在姥姥的床边懒散地消磨时光，时不时交谈，听姥姥讲不可信的故事，讲她所认识的来自生养了二十多个孩子的家庭的人，讲女人们早上生产，傍晚就挤牛奶，或是走去河边取水途中流产了，就在河里清洗干净，回家后只字不提。噢，没错。他们那个年代没谁抱怨。

地狱。他为什么就不能说是天堂？他说，他讲到地狱意指人生，人生充满痛苦。噢，去你的，她说。痛苦？你不过是搭巴士去利默里克，把塑料片粘到一块儿，然后兴致来了就找我打一炮。哪门子痛苦？他继续抽烟，恼火得要命，也不去看她，只是挥舞着手，夸张地从臭烘烘的床上抬起，画一道弧线靠近嘴边，然后拿开。他的另一条手臂压在脑袋后面，手肘向上方弯曲；她的话似乎对他毫无触动。你装出一副逼真的友好模样，她说，你这个伪君子。

他的眼睛里露出受伤的神色，她心软了。她爬回他的床上，蜷身钻进他怀里。他们一起沉默地躺在冬日的暗淡天光下。过了一会儿，他轻声低语，这就是天堂。她闭上眼睛，忍住突然涌出的一汪泪水。

偷窥

临近圣诞节的一天傍晚，多琳打了她的手机。

她的声音听起来很陌生，低沉又沙哑，仿佛不习惯讲电话。她让西尔莎第二天有空就去她家，就是上门做客，因为克里斯提及他已经很久没有见过他的侄女和侄孙女，迫切想向她们问声好。别告诉你妈你要来，多琳说，否则她肯定认为有义务送馅饼上来，我的馅饼够多了，足以喂饱一支军队。我的馅饼多得要命，多琳说，她出乎意料地突然爆发出一阵奇怪的笑声，高亢而尖细，那是一种歇斯底里的哭啼。西尔莎不记得曾听过她这样笑。她保证会在第二天午餐时登门。

多琳在农舍门口等候着。珍珠恶狠狠地望着她。她们进到里屋，坐在古老的橡木桌边。这张桌子招待了数不尽的艾尔沃德家的人，如今依旧结实，桌腿也稳当。西尔莎面对多琳，珍珠跟克里斯家年迈的柯利牧羊犬在会客厅的门边玩耍，狗在她的抚摸和纯粹的爱的包裹下，浑身上下透着开心。好了，女士，多琳突然开口说，我终于请你来了。她的嗓音里有股奇怪的说教意味，听来刺耳，令西尔莎心中冒火。没有招待茶水，没有任何作过准备的迹象，甚至在她说了那番话后连一块馅饼都不见，而她明明约好会在午餐时候到访。克里斯不见踪影，厨房空荡荡，一尘不染，异常整洁。

我看到你了，多琳说。她的话像一个突然袭来的耳光，从对面飞来。我看到你了。跟那个埃尔姆伍德家的男孩在一起。在下面的湿地。她的声音有些蹀躞，呼吸节奏紊乱，就好像她很紧张，或者说被强烈的情感冲昏了头。西尔莎的腹部再次灼烧起来，想上卫生间的冲动倏忽而至。我看到你了，她又说了一遍。你们以为别人不会看到你们的事。你靠在树干上，小埃尔姆伍德在你背后，你的裙子掀到腰部，短裤褪了下来，他就像一头年轻的公牛正在干你。那可怜的孩子就在水边的童车里熟睡。女士，您可真是位了不起的母亲啊。当你在被……被……**服务**时，她很可能会淹死。那孩子可能**淹死**。

多琳现在抓着桌沿，向西尔莎压逼过来。她的脸涨红得吓人，黑色的眼睛里写着厌恶。你不配拥有那个孩子。瞧瞧她。瞧瞧她。她是多么无辜。这到底是个什么世界？你被赐予那样一个孩子，而我一无所有。一无所有。

对不起

接着便是泪水。

西尔莎眼下的处境是前所未有的。她对多琳几乎一无所知。由多琳展现出来的自己的形象令她感到震惊。那件事只发生过一次,靠在他们的秘密树干上的一次亲吻,便引发了淹没防浪堤的一场风暴,浪花疯狂飞溅。她感到刺激的愉悦和卑下的怯懦两相交织,互不退让。但珍珠还在熟睡,她的婴儿车面朝她们的相反方向。看起来这事已势不可当,没法将这场风暴压下去。她不知道他们在坚实河滩的小小空地上时也能被看见:那块地方没有小路可以抵达,不可能被发现。多琳一定站在那条支流的堤岸上，透过纠缠一团的荆棘与树枝看到他们的。就是最终汇入他们的迷你河滩边湖泊里的那条支流。

即使屈辱与羞愧交织，她内心深处依然远远地涌现出兴奋的低吟，因为她忆起那些情不自禁升起的愉悦感，欲望的炽烈，不可思议的狂喜的涌流及传遍她全身的一波波高潮。再想到多琳正看着他们，竟激起她全新的古怪性欲，她赶紧把这感觉推远，为自己欺骗性的冲动感到反感和讶异。

我不是有意对你那么说。我是无心的。我只想问问你，能否多上门来玩，能否把那孩子带上。克里斯如果知道我像那样对你说话，会杀了我。他不愿听到任何一句有关你或你母亲或者说他母亲的坏话。我不知道我为什么要那样跟你说话。我想，有时候我丧失了理智。然后她哭哭啼啼，几乎因为痛苦而发抖。你干的事与我无关。西尔莎想要去握住她的手，但看到她斑驳的皮肤下支起的尖锐骨头，一想到她的皮肤跟鲍迪死去的脸庞一样冰冷如大理石，就抑制住了这般冲动。

你们相互之间真是相亲相爱。玛丽、艾琳和你。你知道，我跟玛丽的关系等同于你跟她的。实际上，我的关系更亲，因为我嫁给了她唯一活着的儿子。你母亲随时可能改嫁，远走他乡。我现在住在她的房子里，全力以赴做她儿子的妻子，而她几乎对我不理不睬。她下山搬去跟你们住，令我在娘家和周边街坊面前成了笑柄。你们在那栋房子里拧成一股绳，只有我被滞留在山上。

我孑然一身，我孑然一身，西尔莎，这世上没有我爱的人，也没有爱我的人。

恳求

克里斯当然爱她。

否则怎么会娶她？他从地里回来，还是那样的瘦长身材和蓝眼睛，距离几个月前上一次跨越他们之间短短的几英里相见时，更消瘦了点，眼周更多了些皱纹。多琳突然变得手忙脚乱，话说个不停，她向克里斯解释没有泡茶甚至没有做三明治是因为她们聊天聊个没完，对不对，西尔莎。西尔莎微笑着说是的。克里斯似乎乐于见到这种新结的友谊，见到他侄女对他寂寞的妻子表现出新的关心。他把珍珠抱起来，荡着玩耍，把她胖嘟嘟的脸蛋亲了个遍，与此同时，多琳站在厨房台面前做午饭,她的两只手肘疯狂地上下翻飞,黄油刀富有节奏地切着厚面包片。

后来多琳牵着珍珠的手,跟他们一道走过小巷去往马路。珍珠的童车坐椅下方乱糟糟的篮子里,装着防油纸包好的水果蛋糕。玛丽喜欢我做的水果蛋糕,多琳说。这是我身上她喜欢的一点。她又发出特有的笛声般的大笑,西尔莎找不到什么安抚的话,便也跟着笑起来,并听到她自己在说,啊,瞧瞧,借用了多琳的口头禅。接着多琳压低嗓音说,你知道,我没有暗中监视。我只是走了我总走的那条路线,从这里到巴利拉辛,再到湿地,然后回到湖滨路上。我只是碰巧路过能看到那个地点的豁口,恰巧撞上你们正在……我本不应该看的。我应该继续走路。总之,不管怎样,我绝不对任何人说我看到的事,我保证。她停下来,挺直腰,比西尔莎的五英尺六英寸身高矮一些。她狭窄的鼻孔向外翻,西尔莎能看到她面部皮肤上的一层油脂,鼻子和脸颊上粗大的毛孔疯长着,灰绿色的眼睛有点从眼眶表皮里凸出来。

你能尽快再上山来吗?我再也不会像今天这样对你说话。我们圣诞节会下山去,不过请你也上这儿来可以吗？现在她的声音里新添了一丝颤抖。你知道，我随时可以照看珍珠。我一整天都一个人待着。你能把她留给我照顾哪怕一次吗？我没疯，我对你发誓，我没疯。你可以去忙你的，她跟我在这里既安全又开心。我会给她看奶牛、小鸡和羊羔。西尔莎的内心因这个女人和她日益衰败的贫瘠生活升起如潮般的哀伤，而其言下之意随之引发了她强烈的无言的怨恨。也就是说，多琳会在她被压在树上干时照看她的女儿。

照看

多琳开始每周拜访一两次。

陪姥姥坐坐,她说。起初,这样的安排令人颇感不适。多琳向西尔莎保证,如果愿意她可以去忙自己的事;姥姥会摇头噘嘴,那只漂亮的手在脖子上划拉一下,威胁西尔莎不要把她独自留给她这个下不了崽的古怪儿媳。多琳对姥姥殷勤而恭敬,但在她的妯娌附近表现得别扭。母亲习惯以居高临下的姿态对她,她的双脚岔开得有点过分,双手放在臀上,俯视着提问,像是,多琳,农场上怎么样呀?我们的克里斯还好吗?他在承包小片土地吗?都是些无伤大雅的日常询问,但却毫不掩饰地以具有攻击性的嘲弄方式问出来，这令西尔莎猛然想到，多琳肯定认为自己把她的歇斯底里和疯狂的言语攻击告诉了母亲，母亲正伺机发动全面进攻。于是多琳大多数时候早上来拜访，那会儿母亲上班去了。

不久后，姥姥对多琳的态度有所缓和。多琳似乎拥有无法餍足的窥私欲，收集了本教区和附近镇区里所有人的海量信息。即使她的社交圈十分有限，竟然也知道一些姥姥做梦都想知道的事。多琳的所有八卦都以**他们说**、**他们断言**或**他们暗示**作开场白，并在讲述中表现出不偏不倚的公正态度，为的是将自己跟窥私的长舌妇以及给她提供故事的闲人懒汉区别开来。她听说马路下面的迈奇·布莱斯在他村屋后面的荒地里埋了好几具尸体，这也是为什么他将那块地保护得那么原生态。她听从克里斯手里买过狗的一个男人说，住在距离她们现在坐的位置压根不远的地方有两个人，参与了毒品和卖淫的勾当。她的故事里有隐秘的同性恋者，换妻换夫的伴侣，家暴的丈夫，不忠的妻子，异装癖，性爱团体，吸毒团伙，被掩盖的谋杀案。她不去碰颠覆活动和军火走私这类事，或任何可能对姥姥造成致命打击的话题。

她跟珍珠一道编起顺口溜，一开始还磕磕巴巴，言辞呆板，过了几周就变得温暖而流畅。珍珠开始朝窗外巴望多琳的到来，当她见到多琳出现在社区门口，就兴奋地尖叫，穿上雨衣佝偻着腰，迈着小碎步嗒嗒嗒跑过小路去大门口。春季的一天，珍珠在门口迎接多琳，小手里拿着一串雏菊，她告诉多琳那是送给她的王冠。多琳弯腰接受她的加冕。当她再直起身子，西尔莎看到她的眼里噙满泪水。

和解

母亲尝试了两次去见她的父亲。

一个周五的雨夜,西尔莎听到她在厨房里告诉姥姥她的计划。我打算道歉,玛丽。我不得不这么做。我不得不告诉他我感到抱歉。他会说他也感到抱歉。我知道他会的。姥姥发出某种安抚的声音,母亲接着用更低的嗓音说话,这样西尔莎就无法清晰分辨出她们的话。但她知道是什么,这一领悟在她内心点着了火,灼烧她,继而平息为低温闷烧,而后才彻底消失。她领悟到母亲的道歉是关于她的。母亲打算向她垂死的父亲道歉,为西尔莎的存在而道歉。

于是母亲在接下来的周日下午去了她父亲的宅子。但在小巷里被阻截了。那条小巷穿过前院小岛沿岸的土地,那座小岛是她和迎面而来的理查德童年时代的共治疆域。这运气真见鬼了。他不愿给她让道,而是堵在路中央。他下车站在车门旁,用手势示意她往回倒车,但她拒绝:她也从车上下来,强迫他开口说话。他说去宅子里没有意义,他们的父亲不想看见她,他太过虚弱禁不起动气。西尔莎以黑白画面想象这场对峙,理查德穿长款礼服戴软毡帽,母亲包着头巾,戴宽大的太阳镜,他们敞开的车门挡在身前,仿佛各自的盾牌,以防他们的遭遇火力直接拉满为一场冲突,一场突袭战,或者一场火并。但她也明白这一刻的现实处境,明白理查德的恶毒,知道他微小的意志就能削弱她母亲的想法,她母亲的遗憾是多么可怕的痛苦。

过了几周,母亲去了米尔福德临终关怀中心,因为赌庄里有个知情人告诉她,她父亲被送到那边,已经时日无多。她很晚才回家,但姥姥和西尔莎还在等她。姥姥不停望向窗户,每每有汽车的动静她都会问,是她吗?她下车了吗?当母亲从夜幕里走进屋,她脸色苍白,不发一言。她们没有追问。等她坐定,她看看姥姥,又转而看看西尔莎,说道,我去得太迟了。我拖得太久了。他没认出我。我甚至不知道他能否看见我。

西尔莎去厨房泡茶。她的视线穿过拱廊,看到母亲现在靠向姥姥,姥姥用双臂环抱着她,紧紧搂到身前,就像母亲抱住啼哭的孩子,那个孩子摔跤了,或者做了噩梦,哭得止不住泪,就仿佛她要把那孩子的痛苦全都带走,换自己来承受。

孤儿

母亲去他床畔无果地拜访后，没几天他就过世了。

母亲那天下午回到家，直接向姥姥通报了这个消息，就好像这事跟西尔莎无关。当然，这是事实，本就无关。她靠着姥姥坐卧两用床的护壁板站着，用梦呓般的古怪嗓音说，他走了，玛丽。昨晚在临终关怀中心走的。我的姑妈们都陪在身边，感谢上帝，理查德也在。噢，姥姥说着画了个十字。愿上帝让他安息。接着姥姥换上一种奇特的正式语调说话，就仿佛母亲并不是她在世上最亲密的人，而是泛泛之交或者疏远的邻居。我为你的遭遇感到遗憾，艾琳。然后母亲说，是挺糟的。

西尔莎不知该干什么，或者说什么。消息一公布，母亲开始忙碌起来，从这儿忙到那儿，拾起这个，整理那个，甚至那些故意放着不管的东西，譬如姥姥的《圣心月刊》，珍珠的一桶乐高积木。姥姥招手让西尔莎过去，小声说，你知道，她很伤心。她绝不会向我们袒露心声，但她的心碎了。无论说过什么，做过什么，他依然是她的父亲，他们没能好好和解这一事实令她痛不欲生。她现在感受到一种怪异的古老悲伤，愿上帝保佑我们。出于怜爱，她们甘心平心静气地去接受和接纳母亲最近的喜怒无常，但这样的事从未发生。那一天她或多或少让自己保持情绪的平稳和态度的冷静，虽说她周身的紧张能量散发着噼啪作响的微弱电荷。第二天早上她如常上班，回家时穿着从凯尼恩大街的马里恩服装店买的新西装和新鞋子。她用这套衣服给她们表演了时装走秀，姥姥宣布这是套高贵时装，她肯定会经常穿出去。你也会穿它参加我的葬礼，多琳。我会的，母亲说。难道不是很棒吗？然后她们哈哈大笑。

母亲坚持独自去。她避开那栋房子，坐在葬礼弥撒的正数第二排，她事后告诉她们，她坐在小时候很喜欢的两位姑妈中间，她们对她很友好，她对她们也很友善。在西尔莎的想象里,她母亲的娘家人面孔模糊,理查德的脸是唯一清晰的画面,他一身黑衣站在惨淡愁云的正中心,蓝黑色的头发向后梳成波浪卷,锐利的颧骨高耸着,上方是凸起的眼睛。母亲下午很晚才回家,天空洒着小雨,她自己在车里坐了一会儿才进屋。她的眼睛满是血红而疲惫,身上有香烟的味道,虽说她已经戒掉。

好了,她说着,露出悲伤的古怪微笑。好了,祸事要找上门了。

教养

一周后，祸事找上门。

西尔莎与约什及其母亲莫尔、祖母基特一起吃晚餐，饭后他们走过长长的高高的牧场去杰克曼家，因为安德鲁·杰克曼从侨居的瑞士回来了。他跟约什的友谊虽说有些令人不快，但又奇妙地真心相待。安德鲁被委托照料他父亲的产业，并将看门人的小屋赠予约什的祖母居住，附带周边悉心照看的漂亮花圃和果园。约什童年被安德鲁欺负过，现在似乎将这个慷慨举动看作某种道歉，是对过去造成的伤害予以承认。安德鲁这隐晦的悔悟让约什心怀感激，颇为触动。但在安德鲁面前，约什变了一个人,他似乎在开口说话前犹豫不决,就好像要将言语捏合成与他所认为安德鲁·杰克曼可能想听的话最为贴合的形态。他谈及他所在工厂的市场表现和产量,使用与西尔莎一起时从未说过的行话和术语;当他跟她提及工厂,不外乎抱怨工作单调或薪资低,又或者告诉她厂里哪个人的新冲突、新绯闻或者疯狂举动。

西尔莎和约什正坐在杰克曼家宽敞的前院草坪尽头一对上过漆的双人小沙发上,头顶是缠结而斑驳的植物枝叶搭起的拱顶。沙发和拱顶由约书亚的园艺师父亲亲手所造,花园里大部分树木、花卉也得到过他这双手的照料。安德鲁伏在一座假山边缘,与他们面对面,正怜爱地望着约什讲话,他的头侧歪着,表现出饶有兴味的姿态,西尔莎心想这可能不是真心实意的。安德鲁·杰克曼相貌十分英俊。西尔莎想知道他在瑞士的生活是怎样的,他的妻子长什么样。高挑且严肃,她猜,一位冰雪美人。她想象自己是某个像安德鲁这样的人的妻子,好奇自己能否胜任如此角色,主持晚宴、鸡尾酒之夜,对世界局势发表意见,了解艺术、图书和音乐,充满智慧与格调地阐发这些见解,在人们到来和离去时亲吻他们两侧的脸颊。她想知道他们有教养的言辞与姿态是否会延伸到卧室,他们会不会在做爱时也保持同样的高雅、优雅的自在感和博学,他们会不会像对他们所处世界的绝对掌控那样掌控对方的身体。

在他们回家,步入厨房后,她仍在想着安德鲁·杰克曼和他的妻子。他们在那里发现了她的母亲,被人勒住脖子。

遗嘱

母亲的脸发紫,她兄弟的脸惨白。

她仰倒在桌边的地板上,一只鞋躺在门边。理查德的两只手掐在她的脖子上,嘴里发出尖锐的哀鸣,那是一种吊起嗓子的呜咽,不断重复着呜、咿、呜、咿、呜、咿。母亲的双手抬了起来,抓着他西服外套的侧翼。她的腿不再动弹,似乎身体的那一部分已经停止运作,她已经处于半死状态。她的大腿丝袜有一道很长的滑丝,上衣被掀起盖在胸罩上。正如处于极度震惊状态的人会有的无意识心理活动,西尔莎想,这场景看起来就像来自姥姥喜爱的日间真实犯罪节目,仿佛有人筹划了整个事件，撕破母亲的大腿丝袜，将她的上衣从短裙的腰部抽出来，掀到胸脯上，再从母亲的鼻孔出发，画一道血迹直达下嘴唇，还技巧高超地给母亲脸上涂了一层妆，使她拥有如此奇异的肤色和肿胀不堪的样貌。现在，随时会有人喊一声，**停**，于是理查德就会停下，母亲就会坐起，愤愤不平地看着他们，告诉他们回去干自己的活，他们一分钟内就会结束，到时候她会再喊他们。

然后她听清了理查德真正说的话。你**将会**[1]。你**将会**。你**将会**。接着是另一件绝不可能的事：约什从空中飞过。真的在飞。他的双脚腾空而起，双臂在身前伸直，身体一个鱼跃，飞越厨房，朝理查德那边俯冲，下一刻他撞上理查德，理查德也飞起来，被约什的双臂抱住，飞离母亲身边，朝厨房另一端的地板飞去。他们双双跌落在火炉边。母亲一动不动，她的腿一动不动，她的手臂一动不动，她大张的嘴巴无声尖叫着，她的眼球往上翻，几乎看不到虹膜。

约什现在用两个膝盖夹住理查德的脖子，他的左臂

---

[1] "遗嘱"和"将会"英文均为 will。

上下挥动，理查德的双腿也在乱蹬。约什又飞了起来，从拱门飞出去，消失在视野里。理查德站起来。姥姥从椅子上挣扎下来，尖声呼唤，艾琳！艾琳！艾琳！

母亲现在坐了起来，两只手摸着她铁青色的咽喉。她的眼球凸出，嘴唇和下巴上有几道血痕，发出咯咯的喘息声。她尝试站起来，一只手伸向她的女儿。

西尔莎终于能动弹了，她跪倒在血迹斑斑的地板上，将她淌着血的亲爱的母亲抱进怀里。

一切

那不过是打闹。

我们的童年时光就是这么度过的,理查德和我。我们不是在爱着对方,就是在要对方的命。你知道,有一次,我把他从谷仓屋顶推了下去。老爸路过把他扶了起来,并告诉他没事。我就在屋顶俯瞰着他,确信他刚才死掉了。他从没告发我。但几天以后,他把我按到污岛小池塘的水里,我喝了满肺的水,甚至看到了天堂之光,他才让我浮出水面。他是他那个年龄的男孩里个头最小的,但总能在打架时做他们的合格对手,因为他总是比别人多走一步。一次他把一条手臂伸进一座老房子的一个墙洞里,我们都知道里面有一窝耗子。他扯出一只,把它扔到我们的堂兄康恩的腿上。他的手从老爸的车窗里伸进去,康恩就在车中,穿着他的漂亮西装,因为他要跟我们一同去参加驻家弥撒。结果扑通一声,一只大黑耗子正好掉到他身上。康恩惊恐地缩成一团。那。是。谋杀。

母亲笑着讲述这些故事。她坐在沙发上,手里的香烟来自她藏在卧室里的一只小烟盒,她的另一只手盖在肿胀的喉咙上,似乎想遮掩她兄弟在狂怒下制造出的伤痕。不过她的笑容显得脆弱,嘴角在颤抖。她从未想到理查德会做得这么过分。他不打招呼就走进屋里,炫耀似的挥舞某种合同文件,这文件意味着母亲将获得她父亲留给她的土地的相应金额,而他将拥有土地。但她拒绝签字,她说他丧失了理智。最可怕的是,我最终还是签了这该死的东西。我要这堆麻烦干什么?一些天杀的泡湿的草坪和一个污水塘。如果他不是像一只该死的鼬穷追猛打,我早就把它让给他,任他去糟蹋了。

姥姥还没缓过神来。她受到很大惊吓。还好有小埃尔姆伍德,她重复着这句话。他难道不是个好小伙吗?还好有他。约什对这句赞许只是挥了挥手,但西尔莎能看出，他自豪于自己的出色表现，不仅救了母亲一命，还让理查德吃了苦头，他的合同皱巴巴地散落在他身后的厨房地板上，片刻之前，正是在那里，他差点杀死他唯一的妹妹。

  我们向来相处得很好，母亲说，而她沉浸在内心的悲伤与懊悔中。他一向很爱我。我也爱他。即使发生了这一切，我依然爱他。

一日游

珍珠要去农场玩一天。

她穿着自己的粉红运动装，背着配套的双肩包，就在飘窗边等着，连周六早上她最爱的动画片都无暇顾及。她自言自语琢磨着他们在哪儿，把每一辆驶入社区的汽车都问了个遍，现在是他们了吗？那个是他们吗？她对多琳产生了浓烈的喜爱，这是始料未及的。后者把她放大腿上颠上颠下，给她吟唱古老的童谣，抑扬顿挫的曲调和没头没脑的歌词令她着迷；多琳唱歌时，珍珠会瞪大眼睛。多琳用大腿一上一下颠着珍珠，在歌谣的结尾，多琳分开膝盖，让珍珠往下坠落，她再一把抓住她，重新放回腿上。惊喜交加之下，珍珠会放声尖叫。**骑上一匹小木马，来到班伯里十字，瞧见漂亮女士骑白马，手指套着戒指，脚趾挂着铃铛，无论走到哪儿，铃儿响叮当！**[1]现在珍珠站在那里巴望着，心怀期待地唱着这首歌。当克里斯的车驶进视野内，她兴奋得一蹦一跳。姥姥摇着头说，那孩子变得如此痴迷那个怪人，到底贿赂了什么？不过呢，又有什么坏处？想到她在山上的田间地头呼吸新鲜空气，难道不是很棒吗？她的小脚会走在我的孩子们和在他们之前所有生活在那儿的小孩都曾走过的小道上，我喜欢这个想法。

于是他们出发了，奇怪的一家子。珍珠被扣在安全坐椅里，多琳在后排挨着她坐。没必要如此谨慎，不过西尔莎心想，她这样是因为不习惯带小孩旅行，而既然她有一整天的时间独占珍珠，她会想抓住一切机会更加接近她。忠诚可爱的克里斯眼见妻子满面幸福，也洋溢着快乐。是他代表她促成了这一天，他温柔地游说西尔莎，保证珍珠在距离汽车一英里之内时，他连引擎都不会发动，也不会让她靠近河床、泥坑、干草棚或马路。

---

[1] 由"鹅妈妈童谣"里的一首《Ride a cock horse to Banbury Cross》改编。

反正,她一整天都会粘着多琳,克里斯说。最近她们亲密无间,感谢上帝。

时间愉快地流逝。母亲带姥姥去城镇,用轮椅推她去了面包房,然后又去了高夫商店。姥姥给自己买了一双冬靴,并宣布她马上会需要它们,因为圣诞节前她就会重新站起来。西尔莎和约什利用这天看了几部电影,起初约什还嗤之以鼻,结果后来似乎被深深吸引;都是些霍妮会斥为剥削垃圾的电影[1]。

夜幕降临。母亲尝试拨打克里斯的手机,但无人接听。母亲和西尔莎驾车去农舍。门没锁,屋里空无一人,院子也空荡荡的。

---

[1] 剥削电影是一类以性、暴力、吸毒、血腥、荒诞等为题材的电影,往往被广泛认为是品质低劣的产物,但也不乏追捧者。

水潭

月亮巨大,月光惨白。

院子里的一切都透着诡异。一连串低沉的闷响从板条房里传出,还有蹄声和碰撞声,那是牛群挤在一起抵御晚秋的寒夜。为什么房子里空荡无人?为什么门扉大敞?为什么克里斯不接电话?他的车停在房子的山墙和粮食围场的围墙之间。月亮对她们龇牙嬉笑,它知道发生了什么。西尔莎心里升起一股痛苦的恐惧情绪,恐惧包裹了她的口腔,堵住了她的气管,让她呼吸起来相当费劲;她的手指与脚趾感到刺疼,灼烧感贯穿了胃部。她一想到珍珠在寒夜里迷了路,就感到一阵虚弱,她不断抵抗这样的想法,也被其驱使着向前走。这两个疯子带我们的孩子去了该死的什么地方?母亲说着,开始穿越卵石铺就的院子,转弯踏上贯穿外围建筑通向底田的小道。

西尔莎的手机响了。克里斯打来的。克里斯,你在哪儿?我们在你家院子里,这么晚了珍珠不该待在外面。她在哪里?只传来微弱的电流声和风声,一秒又一秒地过去,然后才是克里斯那勉强能听到的声音。我不知道。我不知道她在哪里。几小时前,多琳带她上田里散步。沿山而上,朝图恩蒂纳的方向。她说,她们只是去最高一级台阶,瞧瞧能否看到流星。新闻上有提到。流星雨之类的。西尔莎突然尖声叫道,耶稣基督啊,克里斯,珍珠到底他妈的在哪儿?我的宝贝到底他妈的在哪儿?

来吧,母亲说,她牵起西尔莎的手,领她走上小道,朝底田走去。她们翻过大门,开始上山,朝第一级梯台走去,翻越后再朝最高级的梯台攀登,在那里,她们碰到被月光染成灰白面孔的克里斯。他们三个一齐往半山腰走,克里斯边走边说,多琳只是忘了时间,珍珠裹得严严实实的,别担心,一点儿不用担心,我向你们保证,她们马上会出现在路边。多琳不允许珍珠受到任何伤害,她……她……她……

要不是满月,他们永远不会看见她。她坐在黑魆魆的水潭边,那儿是土地上一处豁口,青草让位于蕨类和灌木,山坡因接近峰顶而变得陡峭起来。珍珠坐在她腿上,裹着棉服戴着兜帽。多琳躬身伏在珍珠身上,前后摇着熟睡的她。她们坐在黑潭水最边缘的位置,据说它向下延伸到地球的中心。

无限

而现在暗夜笼罩着他们周身。

厚厚的积云划过月亮,将山上的一切人影隐去,包括熟睡的珍珠和抱着她的多琳,站在潭水上方小道上的母亲和西尔莎,她们本能地知道不要朝对岸的多琳移动;还有克里斯,他站在妻子对面低声说,不要,不要。克里斯,我警告你,我警告你,不要靠近我,别再上前哪怕一英尺。多琳蹲坐在铺满碎石的斜坡,珍珠一点动静都没有,只消最微小的移动,她们就会双双落水。积云继续流转,月亮倒映水中,笑盈盈地迎向这群渺小、愁苦的人。

我没有伤害她，多琳说，我只是喂她吃了会睡觉的东西。布莱德·克兰提几年前曾经喂我母亲吃这个。你还记得布莱德·克兰提吗，艾琳？母亲的嗓音不可思议地一如常态，记得，多琳，布莱德·克兰提我记得很清楚。多琳点点头。她是游民，你知道，打戈尔韦来的。真正传统的游民，有大篷车和帐篷，来到像这样的地方，修补锅碗瓢盆等任何东西，修复成原样儿。她被族人驱逐出来，只有上帝才知道原因。肯定发生了可怕的事。她给老杰里·克兰提下了迷魂汤，他就娶了她。他们是帮你们建新房的迈奇·布莱斯的双亲。这你们知道吗？我之前不知道，多琳。来吧，我们最好带珍珠回家。

噢，但你知道布莱德的真正能耐吗，她最广为人知之处？现在西尔莎看出来，克里斯要绕过水潭边沿，他绝对无法赶在多琳将自己和珍珠投入水中之前。他们唯一的希望就是拖住她，不断跟她说话，假意对她的话感兴趣，详装关心多琳在说什么，关心她本人。

她最出名的是帮女孩和妇女杀死自己的宝宝。如果你要找帮手解决自己的麻烦，如果你想把问题处理掉，你就会去那儿。她就是在这个地方，丢弃完整生下来的那些。扔进这个水潭。你知道，这个水潭，它向下无限延伸，里面堆满小宝宝和他们的灵魂。噢，上帝啊，想想看。那些从母亲身体里扯出来的幼小生命。全都是不被需要的小天使。换作我，我会爱他们任何一个，我会爱他们每一个。

　　克里斯不知怎么来到了她身边。他从她的腿上抱起珍珠，将孩子贴到自己的心口。与此同时，多琳向前倾倒，落入冰冷的水中。

永恒

死亡就是这么简单。

你可以在山坡上抬起脚跟,踮起脚尖,把自己像弹簧一样弹射出去,永恒消失。对多琳生命最后一段的记忆,以她为中心向外扩散,直至填满世界及宇宙。每一个实物、声响、动作都是对多琳的死亡进行通告,映射,或完全组成这个想法本身。在她接触到水面,继而被水吞没的时候,她会是什么感觉。大脑里无意识的动物求生本能会压倒一切,强迫身体进行挣扎吗?她下沉时会张开嘴将水吸入肺里吗?最为折磨西尔莎的一个问题,是她向前栽倒时,眼睛是睁是闭。这两幅画面西尔莎都有记忆,因此其中之一必然为假。当她问母亲是否知道时,母亲对此很恼火,告诉她不要总是再去专注这个,去过好自己的幸福人生,忘掉整件事。母亲说,他们不仅要让整件憾事纳入他们的人生,还被迫亲眼目睹,这已经够糟了。

在她的想象里,水潭不断变换形态。它是一只没有眼睑的黑眼,一张张开的嘴,一张有湿漉漉尖牙的血盆大口,一道漆黑的正圆形传送门,一个锯齿状的湖泊,一片内海,一个水坑。最原始的记忆是有关克里斯的静止画面:他把珍珠紧搂在胸前,低头看着妻子消失的那个点。月光下,他的脸病态似的惨白,他用压抑的震惊嗓音念叨他妻子的名字,就好像她刚送给他一份出人意料的贴心礼物;第一个音节向上变调,第二个音节拖长,在西尔莎的记忆里,这个发音几乎显得滑稽可笑,同时他怜爱的谴责声音也暗示着,在轻吐出她的名字后,接下来的话可能是**你不应该这么做**。

其他一切在她脑海里清晰无比。她和母亲沿着水潭的窄边移动到克里斯抱着珍珠的地方,从他手里夺回珍珠,然后跌坐到一簇芦苇草甸上,轻轻摇晃试图唤醒珍珠;母亲靠在她俩身上,说道,她在呼吸,她在呼吸,她没事,噢,谢谢你,耶稣,她活着;接着,她们身后传来水花溅开的声音,是克里斯钻进水里。母亲尖叫着,不要,不要,直到他重新浮上来,再潜下去,再浮上来,如此三次,最后终于将自己从地狱之眼拉回,浑身湿透、黯然心碎地瘫倒在月光下。

破晓时分,多琳才被从那个可能通向复杂的地泉和地穴系统的涵洞入口捞了上来。这是真的,那个水潭永恒存在。

遗弃

克里斯说他无法独自生活。

反正不能再住那栋房子。她还在那里,他说,他能感觉到她,听到她,有时甚至能看见她,就坐在对面,直勾勾盯着他,质问他为何任由她死去。现在这栋房子成了幽灵的巢穴,他的父亲,他的兄弟和他的妻子,在视线里掠进掠出,他们谁都不让他安生,而是令他陷入越来越深的令人绝望的荒废与空虚。他尝试翻新这栋房子,但他所作的改变只是表面功夫,很快又回到老样子:家具重新摆放,墙面用同样的颜色重刷,或者重新贴上一模一样的阴沉墙纸。姥姥坚持让人尽可能频繁地推上山，在他人的帮助下从一间房移动到另一间房，仿佛要给这栋房子重新注入她的存在和精神，压制并驱逐多琳流连不去的黑暗残余。

但克里斯真的没办法继续生活下去，继续日复一日地做着那些事，等待死亡来侵扰。他现在定期来探望她们，在一天的中间时段，通常是母亲回家的时间。他的话比过去多，讲一些遥远的事，中东的战争啊，美国的选举啊。有一天坐在姥姥床沿上的他突然说：这全是你的错，艾琳。要不是你那次拒绝我，这些事都不会发生。她们温柔地爱着克里斯，谁也不相信他会说这样的话，甚至不相信他会这么想，连他自己都不相信，直到他亲口说出来，话一旦说出口，覆水难收。母亲穿过房间，走到他坐的地方，弯腰亲吻他的头顶。然后一切恢复如常，仿佛他什么都没说过。

他卖掉自己的幼畜，接着卖奶牛，之后逐一处理掉仅有的几头肉用牲畜，直到他的牧群什么都不剩了。他拒绝了一切签合同的工作。他把头发几乎剃成青皮。耶稣基督啊，姥姥见到他时说道。上帝保佑我们，他的脑子坏了。他从一个奸诈商贩手里租了尼纳的一间很小的公寓，那是皮尔斯大街一个铺头楼上只有一间卧室的火柴盒。他喜欢它,他说,街上的喧嚣是他的陪伴,反正他也只是过夜。他把农舍的门窗都用木板封住。当姥姥看到木已成舟,便怒火中烧地哀号起来,她从椅子上站起,扶着助行器穿过院子里的干泥地,走到粮食围场的边缘。她让西尔莎抓一把土,然后带回家去。当我入土的时候,她说,你把那个撒在最上面。

见证

生活恢复到原有的节奏。

有天约什发表了一通关于见证的演讲。他别无选择,他说。西尔莎不确定他的用意,但他牵起她的两只手,紧紧握住,他的褐色眼睛与她对视。她知道他在试图用他的发言来散发深沉的气质。记录是小说家的职责所在,他说。她差点被他装模作样的沉重表情逗笑。发生的所有事情,所有这些剧情,爱与不爱之间、生与死之间、爱与恨之间所有变格的阴影……将生活升华为艺术的职责落在了我身上。这是我的**人生使命**。

于是她再也收不住,大笑出声。他放下她的手,挪开眼睛。她确信他的嘴巴噘了一下。他没再提关于见证的宣言，直到几天以后，他们开他母亲的车跨过巴利纳的大桥后，拐弯朝斯卡里夫驶去，想要看看是否有可能从湖对岸的克莱尔，使用他从安德鲁·杰克曼手里借来的双筒望远镜，瞧见他们第一次做爱的地方。如果能，岂不是很神奇？西尔莎赞成道，是的，那很神奇。但她不知道到底有什么神奇的。那地方现在会令她想到多琳，想到她从湿地的小道边一座被树叶覆盖的堡垒里观看他们疯狂做爱。这段记忆令她的胃部有些灼烫，并引发心脏的一阵低频震颤。

就在马路攀升到克莱尔的山脚下，他们右手边的湖泊渐行渐远的时候，他开口说，我不过在想，我被安排出现在这里，这个地点，这个时间，是有原因的。我被从伦敦招回来，一段时间里我们谱写了一段爱的节奏，我、你和霍妮，还有我的工作，她的工作，我们的家庭，一切似乎都在给那个舒适的异常关系伴唱，它似乎才是任何家庭梦寐以求的最佳状态。然后霍妮扔下我，一切似乎脱了轨，变得一团糟，就好像每件事情都在分崩离析，然后一切又通过你重新黏合到一起，不知怎的，似乎一切都是**命定的**，编排好的，就像有人在我面前放了一张白纸，命令我：写下来。

西尔莎没有回应他。她不喜欢其中的暗示，暗示她是约什宏大而神圣的人生计划里的一枚棋子，一个空洞的、被动的、迟钝的组件。她也不喜欢这样论及霍妮，将她的离开定位成约什情感地图里决定性的中心。她感觉被贬低，被排挤，被欺骗。他们之间的沉默随着眼前的路一同拉长，然后拐上蜿蜒的弯道。她向自己保证，不去开口说话，不要崩溃。

视野

事实证明这是可能的。

他们在伍德福德长堤的木制码头边缘坐下,约什把视线瞄准遥远的对岸。几分钟的窸窣声和调焦之后,他缓慢地巡视了一番几英里内平静开阔的水域,说,那儿。就在那儿,我们的基地。他嗓音里的温暖取悦了她:这是仅属于他俩的东西,上面没有霍妮的痕迹或他们恋爱之前的人生所带来的任何印记。她透过沉甸甸的双筒望远镜久久地望着那棵树,它弯腰垂首,枝繁叶茂,然后她望向那根低矮处的特别的枝干,仿佛是某种智能设计,令它自然形成完美贴合他们身形的座席。那根亲切的枝干下方,是他们的小沙滩,两侧有芦苇丛夹道,依靠浓密的灌木丛藏身于海滩其他区域的视野之外。从这个视角、这个距离居然能看到那个地方,真令人毛骨悚然。就好像她正看着不远的过去,他们的镜像自我随时可能出现,躺到沙滩上,开始做爱,然后衣不遮体地坐着,视线越过湖面,越过时间,回望向他们自己。

求你了,西尔莎,是约什在说话。他的声音显得渺远,几乎就像来自遥远的对岸。别把我想得那么坏。我必须告诉你一些事。她知道他打算说什么,而他说的一字一句几乎跟她设想过的如出一辙。我会给霍妮打电话。一周至少两三次。我没告诉你是因为,呃,我并不真的知道自己为什么不告诉你。你知道,我们只是聊天,聊她的电影,聊她工作上的伙伴,她被要求留下来做剪辑,你知道吗?她说她不能错过这个机会。然后。我不知道。

他不知道。西尔莎也不知道。这事算什么?她产生一种比在车里的那阵更加彻底、更加可悲的沦落感,现在她被压缩成一团皱巴巴的虚无,成为一个随手可弃的脏东西,一件玩物,一连串发生在碎石海滩及童年的卧房里的肮脏约会。她是霍妮的替代品，后者在缺席时依然是不可侵犯的，超人的，神圣的，绝不可能遭遇任何凡俗的失败。在那一刻，她凄凉地说服了自己，约什是在等他的真爱回归。

事情再次有了转机，至少有了点苗头。他的手绕过她的腰肢，将她拉近自己的身侧。她甩了我们，不是吗？西尔莎点点头，不敢做声。然后事情又掉了个头，现在几乎完全恢复为他们早先那种纯洁无瑕、无忧无虑的快乐，因为他说：我爱你，西尔莎。我需要你。求你了，求你永远不要离开我。

合作

他终于不再拐弯抹角,切入了正题。

他想让她帮自己完成他的书。一本新书,而非比利·希尔斯那本。似乎对他来说,在静静发生在这块小地方的一切故事都需要被组织成艺术,成为某种永恒的、有形的东西,某种使它们变得有意义的东西。想想看,他说,这个新计划给他的双眼注入幸福与热情,她感受到他红润光泽的皮肤散发着热量,并渗透到她体内。

里面有你母亲,他说,还有跟她兄弟有关的古怪故事,家族因为她婚外孕跟她脱离关系,即使在结婚时,他们依然觉得你爸爸不够好，然后你母亲成为一名女战士，独自养大一个婴儿，尽管面对所有这些不利因素，却能护她周全，为自己脚下的每一寸土地抗争；还有你姥姥和母亲诙谐的说话方式，鲍迪和爱尔兰共和军的故事，克里斯和多琳的故事，你的故事，还有珍珠是如何诞生的，她怎么会有一位声名显赫，既不知道她的存在，也不为她所知的父亲。它们都在，都在，**祈求**，你知道，祈求被编成一个不错的故事。这就好像，目前为止，发生在我身上的每一件事之所以发生，是为了让我来到这里，来讲述这个故事。

这样看待人生似乎非常自我中心。西尔莎在她的记忆里努力搜索着一个名字，那是一个在水池里溺亡的男孩，一边溺水一边凝视自己的倒影，始终相信自己是万物的中心。她想起蕾莉亚修女给她们讲述这个故事时脸上的表情。噢，没错，他这是迷恋上了自己，女孩们，就像很多男人那样，你们长大后会发现的，他被自己**迷住**了。自恋！就是这个词。多琳突然出现在她脑中幻象的正中央，无声地向前倾倒，空着的双手放在身侧，几乎蜷成对折，在她的膝盖突然砸进泥土并承受她的体重时，她的身体一阵痉挛。她褐色平跟鞋的鞋底在月光下闪现了一瞬间,就被黑色的水面吞噬。

  不过约什的勃勃野心同样在她内心点燃起一个温暖的童话。她想象他们坐在一张宽桌旁,肩并肩,头上是高高的带飞檐的屋顶,他们的手里拿着一叠稿纸。珍珠,长成了少女,样貌标致,穿着时髦又休闲,称呼约什作**爸爸**。母亲和姥姥被安全地安置在他们通风良好的大公寓的耳房,一大家子住在一块儿。克里斯、他的新妻子和他们的金发小孩住在下游的一间公寓,从他们的窗口能看见尖顶和圆顶,看见一个闪闪发光的世界,古老又崭新,被爱填满。

篇章

于是他们商量好了这事如何进行。

早上与姥姥、珍珠坐在一起时,她将记下笔记。这是他的措辞:坐。我才不是随便一坐,她说,我可是**看护**。我不仅照料我的祖母,还关照我的孩子。在她俩底下,她对她和母亲确保了姥姥从没患上褥疮而自豪,甚至包括姥姥得丝毫不能动弹的重病的那几周以及她中风后刚从医院回家的那几个月在内。她也自豪于姥姥的情况没有恶化的迹象:她的体重保持稳定,精神尚好,做了康复训练,遵循医嘱服下所有药。西尔莎知道,她们像照料婴孩般对待她,但姥姥并不反对被人宠着,她显然慢慢恢复为旧日的自己，复制粘贴过来，不过心智坚强，头脑也清晰。

她如此告诉他。噢，好吧，我的意思是，早上你是否可以记些笔记？任何安静的时刻，也许是姥姥或者珍珠打瞌睡时，或是两者都小寐时？再或许是姥姥爱看的剧集播放时，《女作家与谋杀案》或者《通往天堂的公路》？我的想法是我们每天都记，晚上我从你这儿取走笔记，当晚根据你给的材料写一个章节，我想让你提供一切素材，一切，毫无保留，就当作它不会被任何人读到，除了我。我是说，大概率不会被人读到。作家几乎很难有所成就，对成功的唯一度量就是真正写下点什么，那些存在的东西。

西尔莎对这个主意跃跃欲试，似乎这件事能将他俩永远难解难分地连接在一起，让两个个体融合为包含他们两者的完全体。让约什以她的角度去看，她喜欢这主意，她又能隔岸观火，因此袒露内心时令人窒息的尴尬不会存在；她不需要在低诉自我的真实情况时感觉到脸红，或是感受到他在努力回应或琢磨如何回答她，抑或按她的话去做。对他们来说，这可以成为让对方直接且不受限地接触他们的真实存在的方法。她会说些话，而他会对此作出回应,解释她的真相,把它们转化为美丽的、有价值的、美好的事物。他无法用这样的方式去了解霍妮,但她即将让他用这种方式了解她,如此一来,她能将自己的灵魂嫁接到他身上,他们得以成为一个整体,所有的他者必然会被舍弃。

这些想法填满了她的内心,但一瞬之后就烟消云散,一阵前所未有的羞耻将她刺痛,而后她便开始下笔。

区域

母亲在赌庄听闻此事。

事实上,有人当面告诉了她。那个进来把消息说给她听的男人甚至都不是来下注的。母亲继承的那块土地,从她父亲农庄边的公路延伸到那个池塘以及整片镇区以其命名的黏土小岛,全都隶属于农田发展计划里一个大型重新规划区域。游说持续了好几年,油水抹亮不少手掌,通告终于要发布了。这就是为什么理查德如此杀气腾腾地要将它从她手里抢过来。她分到的部分在整个农庄最具价值。该死的卑鄙小人。狡猾的小浑蛋。那又如何?她大笑着抽烟,身子半侧着面朝窗口,坐在餐桌前。老爸就在下面嘲笑我们。他这么做是计划好的。他为什么就不能让我撇清关系?

所以就是这样。有些事不得不去处理。母亲的想法是放任不管。让地荒着,拒绝买卖,一步不退让。但还有些别的事。又有一日,赌庄里发生了另一次泄密。这次来自一个女人,她在一家律师事务所上班,是母亲的老校友。她负责文书工作,规划地图,处理古老的契约和所有财产转让,她现在才发声是因为项目启动之后发现这是一桩肮脏的交易,如果被发现她跟母亲聊过这个,她将卷铺盖走人。但她没法不说,她说。项目的运作全是黑幕。她对法律有足够的了解,知道人们会如何进行操控,因而知道克里斯被恶意地利用了,让自己沦为一个傻瓜,悲伤蒙蔽了他的判断力。或许还不算太迟,她告诉母亲,需要一边寻求禁令,一边准备打官司,宣称克里斯同意交易时脑子不好,不宜作为合约的一方。

克里斯把农场卖了。整个天杀的农场。每一片草叶。甚至没有广告或拍卖来获得最优价格,看上去他都不知道农场是重新规划项目里的一部分,将比它单纯作为农场的价格高一百倍。也有可能他毫不在意。无论哪种情况，他都闷声自己干，亲手处理掉了。姥姥也蒙在鼓里。姥姥永远不会知道，母亲告诉西尔莎，她签署协议将土地转给克里斯时开心极了，感到如释重负，深信它被交到一双安全的手中。

那么是谁买的地？你以为是他妈谁？还会有别人买吗？当然是理查德。贴心的理查德。

酸

有秘密瞒着姥姥可不是母亲的作风。

她们这么多年生活在一起,相依为命。她们仍然深爱彼此,真可谓奇迹。她们知道别人怎么说她俩。这难道不是你听说过最奇怪的组合吗?一个寡妇和她过世的丈夫的母亲,她们在一起的时间比那对夫妻长了十倍,彼此难舍难分。你瞧,她们互相理解。她们的相处之道是基于对对方的特质与缺点具备本能的把握,她们不经意间就疗愈了对方的伤口,互相鼓劲。如果一个外人往里瞅一眼,听到她们的谈话貌似充斥敌意,听到年轻的女人对年老的女人使用的脏话,前者几乎每天都在威胁要勒死后者，闷死她，淹死她，射死她，带她去看兽医，那就千万别指责他会以为她们是一对死敌，担心年老的女人救济金不保，生命也不断受到威胁。

母亲与姥姥就是这样。这种钦佩的话语你可以在爱尔兰乡村妇女联盟的当地分会里听到，在义卖会上听到，在教堂院落里听到。当然了，你也会听到谈及她们联合管治下的小家庭时不那么赞成的闲言碎语，那个孩子在她们的监护下成长为一个货真价实的小荡妇，一个胆大包天的雏妓，还有她自己生下的那个孩子，没人知道父亲是谁，不过各种怀疑层出不穷，正朝一个方向发展，被宠坏了，被她母亲带着在街上游荡，那位母亲正由国家供养着过起懒惰又奢华的生活，靠的是正经人纳的税，还有那个格拉德尼家的长发男孩，跟在她们屁股后面。他到底怎么回事？总之不像他父亲。愿上帝让他安息。

母亲知道人们是怎么说的。去他妈的。人言从来不会困扰母亲，但真相对她举足轻重。她可以暂时不让姥姥听到真相，但她无法忍受她们之间存在谎言。于是一天晚上，她坐在姥姥的床沿，抓起姥姥的手，将克里斯的所作所为告诉了她。姥姥没有其他回应，只说把克里斯带到她跟前来。当他从镇上的公寓开车过来,垂手站在姥姥的床尾时,她没有对他说一个字,只是靠在她的枕头上,望着他无声地哭泣。她的眼泪灼伤了他,如同浓酸滴在他赤裸的肌肤上。

交换

所有工作都是瞒着悄悄进行的。

但却世人皆知,全国各地都是如此。故事满天飞,大部分人都语带挖苦,也有暗含歆羡的,有时又反感厌恶。半是猜测半是影射,名声就被抹黑了,每个人都被假定有罪,没有机会证明自己的清白,但平心而论,也没必要证明什么。据说,那些不知财富为何物的人因此变得富有。母亲听到很多故事,说有人用玻璃纸包裹几捆钞票,藏匿在村里各处。花园尽头埋几沓,沼泽边缘的沃土里挖几个坑,用防水材料藏几千。钱财被埋在林地里、前滩上,都是远离道路的寻常地方。作为这些汇款的交换，上帝的绿色大地上，大片区域现在以不同颜色标注在巨大的地图上，地图张贴在各地议会办公室的墙面。个体商人成立公司，施行有限责任制。工人们被从国外哄骗回来，许诺提供很多年的工作与高薪。以前只有草地、树木、软淤泥等除了被砍除别无用武之地的有机生长物的地方，将修建道路、学校、房屋、酒店和喷泉。

一个工作日的晚上，理查德驾车开上狭窄的小巷，那里灌木丛的荆棘几乎伸到了对街。他察看了在新的土地计划官宣之前通过代理购买渠道从他妹妹的小叔手里诈取的土地，然后开始在农田与房屋周围画出界线。那是姥姥的房屋，她的婚床仍然安放在四条结实的床腿上，她上好的餐具器皿仍旧摆放在客厅古老的碗柜厨架上，那里的墙面、地板和天花板仍然与几代艾尔沃德家族的幽灵——来自血亲或是姻亲——共振，它们全都以自己的方式继续存在。

所以母亲才说，去他妈的。她沿主路驾车往西，朝她童年时代的家驶去，开上一条同样狭窄但养护得更好的小巷，然后她走过遗赠给她的土地上的曲折小路，面前举着一张对开地图。那是她父亲的律师交给她的，上面用红色圈出了她拥有的区域。就在理查德悠闲地规划底层的土地，并绕到邻居家的方向，确保自己被人看见时，母亲也站在污岛的大路旁，穿着威灵顿雨靴、黄色夹克，戴着电影明星款的墨镜，长发潇洒地绑在脑后，一朵白色的夏花插在发带上，她高调地同路过的新老邻居打招呼，这样他们就会知道，于是理查德也会知道，这样没人会再怀疑：她就是污岛女王。

心

新的戏剧上演期间,西尔莎一直记着她的笔记。

约什给她从利默里克买回来一本笔记本,棕色的封皮,柔软的材质和气味像是贵重的牛皮面,但他说那是鼹鼠皮。当晚她就开始在本子上涂写,写她记得的亲身经历、见过的周遭事件和道听途说的话。她清楚记得的第一件事,便是花园里的白衬衣男人,他低头看那套老款相机,窗玻璃上映着他的身姿,专心致志地工作,高个子,黑头发,她后来发现,这个人就是理查德,因此他和母亲的大决裂肯定发生在她所声称的时间之后几年,直至她听到母亲跟姥姥谈论她的名字在美国人听来可能会是什么样,直到那只乌鸫雏鸟在前窗撞碎了它纤细的身体,死在花园里;她把她的个人生活和家庭生活,以整齐的斜体字,倾倒在笔记本饥渴的页面上,她在记忆里发现了过去未曾充分意识到的东西,这些年来,这些东西一直躺在她的心底,从未被审视和感受过。

她的脑海里有几个形象,有欧辛和他跳着吉格舞的善良老父亲,有乌娜·琼斯红彤彤的窄脸,有布丽迪·弗林源源不断的抽象又深切的悲伤,还有孕育珍珠的那个云蒸雾绕的朦胧夜晚;这些形象自动形成了字词,随后愉快地连缀成句,她还记得二年级时蕾莉亚修女在英文课堂上将散文练习本还给她时说的话,那时她并没有留意过这些话:你在讲故事方面很有天赋,艾尔沃德小姐。如果你勤加练习,会对你有帮助的。有段时间,她痴迷于这项任务,以至于姥姥不得不喊她四五声,她才会抬头,或者是珍珠不得不把手直接放到她的胳膊上摇晃她,才能让她从恍惚中,从急速扩张的幻象中醒过神来。

但如何讲故事并不取决于她。她的任务是每晚在约什从主路走上来时将笔记本交给他,上面多了几页以她对过去和家族往事的印象写满的内容，然后每天早上，当他去下面搭车上班顺道路过时，再从他手里拿回笔记本。现在每到晚上她就开始想他，姥姥和珍珠也是，甚至连母亲都时不时问及，约什不进来待一会儿吗？你们今晚不出去吗？不过她对暂时的牺牲感到满意，几周以来，她的记忆一朵接一朵绽放。她有时会想象约什拿到奖项出现在舞台上，他的手伸向她，他的挚爱，他的缪斯，而她自己，光彩照人，回他以微笑，她的两只手贴在心口。

甜蜜

事情发生的方式几乎称得上可笑。

一个周六,他们在利默里克的罗什商店根据基特·格拉德尼写下的一份清单进行采购时——基特说,她看腻了她那些破破烂烂的老古董器皿和布满岁月痕迹的餐具——遇上跟约什同厂的女孩。她个头矮小,头发漂染过,外耳廓上有几排银色的耳钉,鼻翼上单独有个鼻钉,舌尖上还扎了一个钉子,所以她说话有点口齿不清。她十分粗鲁地同约什打招呼,向他抬起双手,朝胸膛推了一把,微笑着以戏谑又惊讶的口吻叫出他的名字,在末尾多加了一个 y,把她附加的这个音节拖很长,仿佛他是婴儿车里的小宝宝：乔希（Josh-y），你大周六的从穷乡僻壤进城来做什么？

约什的脸倏忽间红得发紫，以至于西尔莎有片刻还担心他可能真的出问题了。他发出透不过气来的窒息声。那个女孩对她视而不见，摆出多少有些好斗的姿势，叉开两只运动员般健壮的脚。她的牛仔裤裤腿从上到下都是假破洞，上身穿着一件AC/DC乐队的T恤。女孩丰满胸脯上的乐队正在朝约什阴森地咧嘴笑。约什对女孩怒目而视，女孩则以困惑不解的滑稽表情看着他，没人瞧一眼西尔莎，但她却在近距离研究这幅画面。一些不成形的真相向她飘来，然后停下不动，仿佛一个恰好超出记忆范围的梦境。

克莱尔，他终于说话了。嗨，你好吗？很高兴见到你。是吗？女孩说，尖声笑起来。对不起，乔希，不过我没法说同样的话。我他妈烦透了在周六还被迫想到工作。你们这些土包子不应该被允许周末从农场进城。你们难道没有庄稼要挤奶，或者奶牛要收割之类的吗？约什在女孩旁边笑得很紧张，他仍然没有任何要把西尔莎介绍给她的举动，也没有朝她的方向看。潮红从他的脸上退去，但他的颧骨附近和耳朵依然鲜红，西尔莎感觉自己被他惊慌之下的生理反应深深吸引。

  那个女孩转动明艳的面庞朝向西尔莎,然后大咧着嘴巴假笑。她的舌钉附近有一个青紫色的小肿块,她的牙齿又尖又小。她说,噢,终于见面。那个神秘女人。见到你真太好了。我觉得我认识你!这位小伙子上班时把手机夹在肩膀和耳朵之间与你通话,简直可爱犯规!他的低声细语还以为我们听不到!真他妈甜到爆。哦,真的。我猜你是被叫作**霍妮**吧!

送上门

可我告诉过你,我跟霍妮有联系。

你他妈没告诉我,你跟她说你爱她。西尔莎紧靠副驾的车门坐着,尽可能离他远远的。约什把车乱开一气,他在环岛中央变换车道,身后传来愤怒的喇叭声。**滚开**,约什在咆哮,有那么一秒,西尔莎认为他是冲她吼叫。那个爱不是那种**爱**,只是普通**友谊**的爱,不过是个词,真的,你了解霍妮这个人,也知道她交往和共同工作的都是些什么人,那是他们沟通的方式,他们说话的方式,满嘴爱这个,爱那个,我爱你,你爱我,都是胡言乱语。

扯淡，全是扯淡。**你**也在扯淡，约什。你把我当傻子。别跟我说话，我什么都不想知道。快他妈把我送回家，然后你滚蛋，滚蛋，有多远滚多远。

她什么都不想知道。当下各种可能的真相形成一个不确定性的软垫，将她怪舒服地包裹在中央。他说自己在爱情方面的随意和空虚也许是真话。他工作时必须同她说话或许也是真的，因为她仍然在某个偏远的地方，距离也可以每隔几天就可以通过清晨小窗口外的电话线杆跨越。也许他们正式分手了，他现在告诉霍妮他爱西尔莎，他感到抱歉，他俩对此抱歉。

也许他们一齐嘲笑她。也许他读了一点她的笔记给霍妮听，他们嘲笑她的愚蠢故事和状况百出的愚蠢生活，嘲笑她女儿惨淡的身世，她那口出恶语的母亲和她那发疯的祖母，还有她两个叔叔的悲喜剧，还有多琳，以及她小小世界里的一切污秽、甜蜜、悲伤与神秘。到底他妈的为什么他想要写她的故事，或者要以她的回忆做底本？她为什么不扪心自问，他真正想从她身上得到什么？她为什么要为了如此愚蠢的快乐，如此彻底地糟蹋自己？

她在想象中听得很清楚，就好像她跟他们同乘一辆车，从她的座位上往前欠身，以至于几乎碰到他们的面庞。霍妮怒气冲冲地尖声大道，你活该，你这个蠢货，不忠的小婊子，想偷走我的男人，自以为能拥有他，在我背后捅刀子，你这是活该，你和你那傻乎乎的真心，想要托付给一个根本不想要的人，他只是利用你，他利用你，是我告诉他那么做的，我告诉他你看上他了，确实如此，你这个愚蠢的丫头片子，你把他想要的给了他，也就是所有男人都想要的东西。送上门的炮。

自在

西尔莎并不真的认为霍妮会说那样的话，即便她知道内情。

她从车里下来，砰地关上门。约什等了一会儿，然后驾车扬尘而去。姥姥问她出什么事了。没事，她说。姥姥发出啧啧声。坐到我身边来，她说，听着，亲爱的，你得呵护好你的心脏。我现在感到抱歉，曾经鼓励你跟那个男孩好。我对整件事过于狂热了。西尔莎转向她的祖母，后者已经埋葬了三个儿子中的两个，从她脸上西尔莎看不到其他东西，只有爱以及对她的关心。祖母紧紧握住她的手，说道，轻松自在地去生活，我亲爱的，生命只有一次，要尽量让自己开心。后来，当约什晚上发消息问她下周要不要跟他出游，她再次想起祖母温柔的规劝，然后才回复，好。

那件事发生在周六夜晚，戈尔韦市西郊的盐山徒步区附近的一间旅馆酒吧里。过去的这一天，他们手牵手穿过西班牙拱门，顺着码头一路走到艾尔广场，再穿过商业街悠闲的人潮，时不时停下聆听街头艺人的演奏，吃东西，逛商铺，再返回西班牙拱门，约什在梅利亚桥附近拐角的一家珠宝小店里买了一枚克拉达戒指[1]，带着温馨的敬意在她的手指上佩戴好，然后亲吻她的指尖，告诉她他爱她，真心爱她。记忆里她从未如此开心过。然后，在那一瞬间，一切都毁了。

那是一名穿橄榄球衫的男子，站在一伙吵闹的橄榄球衫男的外围，英格兰口音，声音高亢而兴奋，在她从卫生间回来时，他伸手扇了她的屁股，干脆的一巴掌，她转过身时，他笑着冲她眨眼，说道，对不起，亲爱的，但是这个屁股**求**我扇的。来自他朋友们的起哄喝彩声响彻墙内，回声反弹到他们自己身上。对她来说，这

---

[1] 克拉达戒指拥有双手合拥心形的设计，是爱尔兰的传统婚戒。

个酒吧化身为一个扭曲的腔穴，充满回音及大张的嘴巴、眼睛，持续了几拍心跳。然后约什站到她身边，一只手紧紧握住她的手臂，领她离开，回去他们的隔间。

他们人太多了。只是被轻轻拍了一下。这种事总在发生。那些男的醉了。这种事她曾允许约什做，也允许自己原谅他。但她看向他时，这次以后，她每次看向他时，都会见到另一个约什，他正骄傲地低头看自己肿胀的指节，即使霍妮，他的挚爱，他的女人，尖叫着骂他愚蠢，愚蠢，蠢到为她大打出手。

撕裂

真相无声地横亘在他们之间,持续溃烂。

他对她的激情,如果存在,有着截然不同的本质。她无法将她的想法转化为一个听起来不那么任性或幼稚的词语。你为她揍了一个家伙,却不为我动手。你任凭那些该死的浑蛋体育男嘲笑我。如果被扇的是霍妮珍贵的屁股,如果是霍妮,如果她被,如果你在,如果,如果,如果。我被那样,你那样,她是那样。

约什沉默地驾车从灯火辉煌的城市沿曲折的公路往内陆折返,穿越一座座镇子,一座座村庄,那里的居民成群结队快乐地坐在酒馆外面,行道树旁的草地上,反观他们之间，承载怨恨与失望的浓云充斥在空气中，堵塞住她的呼吸道，她觉得自己得努力挣扎来鼓起肺部。她的嗓子眼有严重的阻塞感，一阵阵的跳疼贯穿胸腔。她摇下车窗，以便在风中呼吸。

似乎他意外地猛然想到这一点，这可以作为某种缓和气氛的东西，也可以作为他们之间新协议的基础，或者是两人相互撕扯的伤口上一片浸满血液的棉布，于是约什突然用几乎吓人一跳的大嗓门拉高音调说：我们的故事！他伸过去抓她的手，她让他握上，但只是简短的一捏。它快要写完了。我想给你看。我真的认为你会喜欢它。如果没有你，西尔莎，我不知道自己会写成什么样。这时她猛地想到，他从未真正告诉她，为什么他似乎那么需要她的笔记；他又语焉不详地提到这些笔记可以让他的艺术扎根于生活，让他为纯粹的真理而战。她惊诧于自己的无畏，居然为了他如此心甘情愿将自己的人生交代在纸上，将她的心脏摆放在他的面前，允许他随意参观她的过去。在奋力将其驱赶走之前，她再次让一组可怕的幻象攻击了她，画面里约什把她的笔记念给霍妮听，说着，耐心点，耐心听这一段，然后霍妮哈哈大笑着说，噢，乖乖，噢，乖乖，真是个傻女孩。

但她现在不在乎了。她只想爬进自己的被窝，把珍珠抱进怀里，让她母亲进来分别给她俩一个晚安吻，在昏昏欲睡中聆听她母亲的声音，聆听不远处的祖母的声音，这两个声音交织在一起，温暖，友善，熟悉，母亲跟姥姥讲当天的新闻，姥姥时不时惊叹，问着，谁？是谁？母亲便说，你知道，那个，死鱼眼的大个头和那个臭烘烘的丈夫，然后姥姥发出邪恶的笑声。之后一切可以恢复成原来的样子，恢复到那些无名的灼烧感折磨她、不肯放过她之前的时光。

手稿

它是由基特·格拉德尼用来记账的古董打字机上打出来的。

他用海军蓝的布带将其绑好,在正面打了个蝴蝶结,像一件礼物似的,然后把它放入带衬垫的信封内。他将它交给她时,气氛有点尴尬,他的眼睛里闪烁着什么,似乎急需她的一个答案,或者肯定的姿态,某个暗示这次交易将让他们之间早已倾斜的爱与信任重新平衡的词语或动作。然后他迈步离开,她望着他走远,直到他走过转角拐上主干道,从视野里消失。在上方的穹窿与行道古树的衬托下,他显得如此纤细,脆弱,瘦小,孤单，她骤然感到一股温情淌过，一种想要追赶他的冲动，想要紧贴他的身子，告诉他一切都会好的，橄榄球运动员的事不算什么，霍妮的事不算什么，他写了什么也完全不重要。唯一重要的是……但她不知道那时候她该说什么。她自己也不知道对他或是他俩来说，什么才是重要的。她为自己的无知感到压抑，那是世上一切不确定性带来的重压。

当她解开蝴蝶结，除下绑带，她瞧见最顶上一页写着*污岛女王*，标题文字的下方是，一本小说，再下面写着，约书亚·埃尔姆伍德著。起初她没在书页里看到自己。这个故事描绘的人物似乎更年长，在人生的中段去回望过去。读了几页，几乎快把第一章看完，她才意识到这个人物跟母亲很接近，也是一个新婚不久就守寡的女人，独自抚养孩子，随着书页的翻动，孩子越长越大，她才看到自己的影子，看到她自己的故事经过扭曲、变形、延伸、分解和重制，转变为简短的段落和关键的对话。不过，每一个约什从她那儿取了种子的故事，都生长为无法辨别的、怪异的、可怖的故事。

她停下阅读，在姥姥身旁坐了一会儿。姥姥的左胳膊恢复了一些力气，手指也恢复了稍许灵活，因此她带着固执的决心,慢慢地拾起编织活。她的织针发出的轻柔噼啪声,她自哼自唱的低鸣,还有在沙发上看书的珍珠从她神游的梦幻世界里窃窃私语,这些声音安全,温暖,来自毫不复杂的纯粹的存在,来自简单的爱。

她望向房间另一端躺在窗台上的手稿。她现在知道自己有多傻,非要望向约什哀伤的眼睛,从中看到自己的倒影,然后没入,近乎溺死其中。

变形

稿子里讲到母亲在院子里叫一个少年快回家,把身上的草洗干净。

但现在**草**有了另一层含义:手稿中,变形后的母亲化身某位领袖,她指责这个男孩靠不住,跟某个背叛母亲的人或是她所属的神秘组织有瓜葛。那名男孩是步兵,同时也是她的情人。男孩对她爱得痴缠,但她只是玩弄他,操控他,折磨他,最终会抛弃他。快回家,她说,把你身上的**草**[1]洗干净。从被约什改变形态后的母

---

[1] 原文 grass,还可指代向警察告发同伙的嫌疑人。

亲嘴里说出来，这些话语伴随着嘶嘶声和啐唾沫，含有暴力或死亡威胁的意味。

手稿里有一个男人复刻了鲍迪的体型和嗓音，他向以母亲为原型的女人——在约什的手稿里，名字为莎蒂——恳求，对她举起自己血淋淋的双手和折断的手指说，我发誓，我发誓，我从来没有向黑棕部队透露半个字，这是他们对我做的事，我从没告诉他们任何事，然后女人说，你他妈最好没有，你他妈最好没有，然后朝着他的脸猛击，他倒在地板上，躺在那哭泣，而女人居高临下站在旁边告诉他，这是最后一次警告，如果他再搞砸，她直接送他下地狱。她说到做到，几个章节之后：他去蹲监狱，被人发现被勒死在囚室里，是母亲原型的女人下令暗杀的。

在约什敲出来的整洁手稿上，时不时出现圆珠笔的笔记，用他的右斜手写体写在两倍行距之间，还有字词被划掉，更正的内容覆盖其上。就在这份手稿里，有一个女孩，是那个女人的女儿，女人十分爱她，但女孩感到悲伤，花大量时间凝视墙上她从未蒙面的父亲的照片，她的母亲，那位有名无实的女王，会跟女孩讲她父亲是一位英雄，他以自由的名义像英雄般牺牲了，但他死亡的真正原因要等到中间段落，接近一百页的样子，才揭露出来，原来男人坐船到英格兰，将一辆塞满爆炸物的汽车开进市中心，炸弹提早引爆，把他自己和十来个路人炸死，因此，由他妻子策划与指挥的那次行动只成功了一半，还折损了组织里最英勇、最忠诚的中尉。

然后，就在她的眼前，没有涂改或手书笔记，白纸黑字地书写了一个女孩被她最好的朋友遗弃，被一帮男人抱进一辆厢车，车门滑动关闭，第二天女孩出现在一棵树下，遍体鳞伤，死一般沉默。

这些字句就仿佛血在纸上流淌。

瘫软无力

在基特·格拉德尼的乡间别墅后面一间亮堂的小房间里,约书亚·埃尔姆伍德轻声啜泣。

这个男孩似乎从来都是一副眼泪即将决堤的样子,但看到他真的哭了,那感觉很奇特。在他们的关系更加紧张的那些时刻,她觉得他总是流露出忧伤是在装模作样,是他耍的操纵把戏:在他不堪重负时,她怎么能够与他争执呢?他把自己一触即碎的忧伤当作破城锤,攻入人们的心门,然后他就搬进去住,直到他感到无聊,就把想要的都拿走。有时候,你感觉他好像将自我的四周垫满悲伤和隐隐的忧愁,就能所向披靡地朝他想要的东西前进。而他真正想从她这儿得到的——在她最感自轻自贱的时候，她会想到——其实是她的身体给予的慰藉，是知道她愿意献身于他。他扑在爱情上大快朵颐。

现在看来，她征服了他。在他开门的一刹，她将他的手稿扔过去，他困惑地立在那里，没穿上衣，低头望着地板上他们脚边的文稿，开过封，但现在重新绑好了，他抬起头看看她，再低头盯着他几个月的成果，那是从她所提供的关于她的母亲，她的叔叔们和她素未蒙面的父亲的形象里提炼的疯狂情节，枉顾她所提供的关于她的生活和她的自我构成的真相，将她家族的心灵转变为古怪的情节，把他们塑造成怪物。

现在，在他的房间里，他试图解释。屋里反正没人，他能尽情地大嚷大叫，但他没有，至少在他们可悲的交流之初没有：他对她进行游说，征求她的宝贵意见，绝望地尝试将她带入他的视野，去理解他写下的内容。他将束好的纸页捧在面前，伸手呈给她，仿佛某种献祭，好像她是一位祭司，会将其从他手里接过去，举到上帝的目光下，然后净化它，为它赢得圣恩。她惊讶于自己的口拙舌笨，一路从住宅区走到村庄，再到主干道的入口，再穿越杰克曼家苍翠山腰上的农田小道，登上道路中心点、紧闭大门边的台阶，穿越基特繁花盛开的花园，最终来到这里，却无力清晰表达脑中所想。她在脑海里组织好了一连串的谴责，每个观点都作好了部署，而现在她发现自己面对他绝望的脸庞，气昏了头，舌头打结，因为对他的怜悯，因为给他带来痛苦而为自己感到挥之不去的、抓耳挠心的羞愧，她裹足不前。她发现自己在炽烈的爱的光环下瘫软无力。

爆发

当他说这还不够时,她从瘫软中回过神来。

她所写下的还不够?不,不,等一下,我不是这个意思,我是说我的故事无法仅仅使用你写的东西,我必须加入一点戏剧元素,从中创作出一个像样的故事,让人兴奋的东西,可以带给读者超凡脱俗的感觉,可以让纸上的人物进入他们的想象世界,进而走入心田。

现在,眼泪正不可思议地肆意流淌,滑下他的脸颊,淌至他裸露的胸膛。他看着瘦弱,苍白,仿佛不属于他的年纪,就像一个小男孩,需要父亲把将手放在他的肩头,或者母亲张开双臂将他环抱,正如一个渴望拥抱、渴求安慰、需要无条件的爱的小男孩。她想到自己所能采取的最优行动，是从他颤抖的手里取回手稿，领他走过木地板，走向床边，陪他一起坐在那里，张开双臂拥抱他，让他的头靠在自己胸口，手指温柔地梳理他的头发，安抚他，像哄小宝宝一般哄他，亲他的脸蛋，他的耳朵，他的额头，告诉他，他很棒，她很无知，他的书棒极了，而她说它是该死的冒犯时，说它是把她的过往，她的家族奋斗以及她母亲的个性进行可怕的矮化时，都不过是玩笑。

然而，取而代之的是，她通过外部视角看着自己一步步走近他，停驻，继而嘶吼道，去你妈的，约什，带着你他妈的自鸣得意的狗屁书滚开，你自认为了解我，你对我一无所知，很遗憾我曾经接近你，很遗憾我曾经将我的人生经历写给你，很遗憾我曾经让你触碰我，你让我成了一个蠢货，我知道我对你意味着什么，什么都不是！而且你不是个作家，你自认为是，你只是个闷闷不乐的小男孩，为了达到自己的目的，你利用他人，难怪霍妮走了，她再也受不了你了！

他扔下手稿，周围腾起一小片烟尘，一点点向外翻滚，滚入房间南墙上长窗投射的一块长方形光斑里。西尔莎冲向前要去捡它，但他将她往后推，自己弯腰从地上抢夺，她后仰着倒下，被他这一推惊得目瞪口呆。现在手稿飘散在他们之间，它的绑带坏了，纸张打着旋儿散落成可悲的云团，而约书亚·埃尔姆伍德赤着脚用脚跟转了个身，朝墙面猛击，尖叫着，干，干，干，干。

火焰

他们周围的世界又恢复如常。

门上传来叩击声,然后是基特·格拉德尼的声音,约书亚!出什么乱子了?谁跟你在一起?约书亚站在他散开的纸张中间,只穿了一条没系皮带的脏牛仔裤,他的头偏向她的方向,他褐色的眼中怒火熊熊,泪光闪闪,肩膀不断起伏,拳头依然紧攥,鲜血在指节的皮肤上绽开。然后是莫尔的声音,什么事,妈?他还好吧?然后两个女人温柔的嗓音沿着短短的走廊退入厨房,那里的明火常年燃烧着,一只烧水壶总是挂在对面的古旧挂钩上。西尔莎刚好能听清基特说话,他们在吵架,给他们留点隐私,你难道不清楚年轻人怎么回事吗?出了一点岔子就是五分钟的世界末日,然后又如胶似漆。

现在约书亚跪倒在他卧室的地板上,西尔莎在她所坐的床沿注意到,床边有一块画布被固定在画架上。画上用油画颜料以螺旋笔触厚重地涂抹出两个人物,有些抽象,四肢和脸拉得过长,但却展现出怪诞的美感,灰暗肤色的女性形象拥有一头长发,以深黑色的点状呈现,还有明亮的色彩点缀在各个地方,宛如鲜花。那个肤色更浅的男性形象有一头褐色长发,黑色眼睛。两个面对面的形象都赤身裸体,轮廓棱角分明,如猫科动物,像是她在帕特丽夏修女的历史课堂上见过的埃及古墓中的形象。神明们。

在那一刻,西尔莎不觉得基特·格拉德尼的话蕴含一星半点的真相。并不是所有的争吵者都会和好如初。现在,当事情的真相散落在他们之间的地板上时,他们再也不可能重修旧好。真相是:他不满足于她提供的故事,他不满足于她,对他来说,他故事里的非人形象作为一个主题更为可取,而不是作为她的母亲,她那勇敢无畏、光芒四射、美丽动人的母亲;他故事里那个意志薄弱、不忠不贞的女孩才是他对于她是谁、她是哪种人的真实反映；而窗光涟漪中四肢修长的画中女神，才是他的真爱，绝不是她，绝不是她。

她沉默地看着他亲手将杂乱的一捆稿子收集起来，重新理成整齐的一沓，其间他的泪水流个不停，在地板上汇成一个个湿岛，一片反群岛。她刚要开口告诉他，他的眼泪看起来像什么，他抬腿朝门外走去，进到厨房。她能听到他的母亲和祖母在惊呼，因为他将自己的手稿，每一页，投入永火的烈焰中。

灰烬

于是整部作品本来完成了,后来又未完成。

一开始她觉得他肯定有副本,他的烧书行为是在作秀,是一种仪式,一种威胁。她尴尬地走进厨房,向他所站立的炉边走去。她在经过他的母亲和祖母身边时,后者从她经年累月的智慧库里取出了友善提示。太阳下山前,你们就会忘记这一出。在你二婚前,还会发生更糟糕的事!那就是你这几个月来写的东西吗?扔火里烧了?好吧,现在也没法撤回,你最好回你房间,穿件衬衣或套衫,带那个女孩去村里,或者进城去,好好招待她,表现得要像基督再临而你还没有坦白自己的罪。快动起来，体面些，把自己捯饬一下，行吗？别他妈像个疯子一样到处乱烧东西。动起来，约什。基特见孙子悄悄溜走，边走边发出颤抖的叹息声，听上去如释重负，然后她便转向西尔莎，西尔莎，亲爱的，我完全不知道你们之间发生了什么，我没有资格去批评任何一方，或是在两人间调停，但打你一出世我就认识你了，就像我认识了那个男孩一辈子，几乎可以说，你们两个谁都没完全成熟，愿上帝让你们迟些再长大。好好享受生活，亲爱的，别把人生太当一回事。顺其自然。

西尔莎脑海里突然浮现出一幅疯狂的画面，基特和莫尔齐声高歌，**顺其自然，不可强求**，这个想法让她笑了，两个女人也微笑回馈。莫尔拍了拍身旁的空椅子，于是西尔莎坐下来，基特给她倒了一杯茶，没问她是否需要就加了一勺砂糖搅拌开，不过她确实想要：她需要这杯浓茶提供的温暖与甜蜜，以及这两个女人的陪伴，也需要约什在自己的卧室里多待一阵，直到烧纸的味道从屋里消散，他献祭的激情化作一缕缕青烟飘进宽敞的烟道，遁入虚空。

他终于现身，穿戴整齐，洗漱干净。他牵着她的手，沉默地一同往山下走。这一路，他的手握起来很温暖,以舒缓的节律一下一下轻轻挤压她的手指,就好像他的血管随心跳舒张和收缩时血流得非常强劲。在公路旁,他吻了她,淡淡地吻在唇上。然后他转身上山,他们就这样分手了。

反转

理查德诸事不顺。

母亲为他感到抱歉。那个把她从母亲的葬礼上赶走的男人,那个闯入她家试图勒死她的男人,那个因她与家庭失和而洋洋自得的男人,开始走霉运了。某位大人物就**土地改革中的过度开发和一刀切**,以及当地官方**违背规划指引的行为**发表了一番讲话。关于可能出现的反转和投资将搁置的议论甚嚣尘上。既得利益集团的诉求,西装革履的演讲人说道,不应该成为影响地方议会是否将土地重新规划为发展用地这项决议的因素。有人在阿什当路外侧的一间农场被射杀,实际上是一个男孩,西尔莎记得他在学生时代总是被忽视或欺凌,几乎总是独来独往。农场是父母留给他的,他拒绝卖给开发者组成的财团,似乎他所承受的压力将他的理智压垮,拿一杆猎枪对着警察,结果被他们杀死。

在地方议会的地图上,姥姥的农场被重新涂成绿色。理查德做了赔本买卖。母亲怜悯地摇着头。可怜的理查德,她说。他一直以来所希望的就是成为老爸那样的人,但他做不到,于是他尽最大努力活成了自大狂。而现在老爸农场上对他唯一有真正价值的部分在我的名下,他自认为从我们手上偷走的土地,价值跟过去无差:你从休耕补助或乳品厂支票里收获的,哪一样都没什么钱。

母亲想尽快将她继承的遗产变现。你必须为你的人生做点什么,她告诉西尔莎,你必须获得某种资格。看你离开那个狗屎嬉皮士约书亚·埃尔姆伍德后,就任凭你到处闲逛,名下没有一纸文件证明你是谁或者能干什么,我在想什么呢?如果我卖了污岛,我们就能把你送进城里做生意,当个美发师之类的,而且我们有能力帮你开启事业。西尔莎说她不想成为美发师,于是母亲有点发脾气,把她正在涂的口红扔到起居室的另一端。我他妈要你当什么你就当什么,小姐!不过每个人,珍珠、姥姥、西尔莎和任何听到母亲大声惊呼的邻居,都知道她是在虚张声势。

一个下雨的周日下午,母亲自己开车去了理查德的乡间小屋,那是一栋仿乔治王朝风格的房子,位于阿拉山与银矿区之间的浅谷入口。她跟两眼通红、气呼呼的理查德和他温顺甜美的妻子坐在一起,向他们提议做个交易,他们同意了。

物归原主

于是理查德拿回了污岛，而克里斯拿回了农场。

姥姥听到这个消息，沉默了半晌，然后缓缓点着头，向她的儿媳伸出手。谢谢你，艾琳。无须多言。克里斯被从他在尼纳的避难所召回来，被告知他将开始重新筹备，无论是否住进去，农舍都要开放。他安静而体面地接受了这些命令，立即着手复活他的那点薄田。

姥姥宣称，已然奏效的奇迹还在扩散，并将她裹挟到魔力之中。一天里状况最好的时候，她开始在床以外的地方活动，还能缓慢地四下走动，甚至仅仅为了站在助行器的支架里晒太阳或淋雨而去到外面的花园。谁能想到她会如此享受雨水？她可是一向害怕忘记带闪被淋个正着。是**伞**，玛丽，母亲说。不是，姥姥回嘴。我活这么久从来没听过谁那样念那个字，除了你，艾琳·艾尔沃德。就是，**闪**，从来如此。或许你们那些生活在遥远的污岛、爱摆臭架子的大户人家才这么叫它，但我一辈子都没听过它被那么念，我到死也不会用那种方式读它。**闪，闪，闪**。

随你便，你这个可恶的老婊子，母亲说，我不管你怎么叫它。就让弥撒上的每个人都看你笑话，看你在门廊里像个疯女人般到处乱窜寻找你的**闪**。对我来说都是一样。如果对你来说都是一样，那你为什么还讲个没完？接着母亲嘟囔着一逮着机会就要捂死那个丑老太婆的话。姥姥僵直地坐在餐椅上，眼睛炯炯有神地瞅着母亲，宣布自己虽然是个寡妇，还目睹了两个孩子走入坟冢，却尽力让自己活成女人最快乐的样子。站在厨房地板中央的母亲突然啜泣起来，让人猝不及防，在餐桌上涂涂画画的珍珠抬起头来看，姥姥的眼睛睁得老大，而西尔莎从火炉边的座位站起来，朝母亲走过去。母亲抬手阻止她，也不让她们所有人靠近，让她们保持距离，留在她的情绪世界之外。

过了一会儿,她们全都恢复到之前的状态。母亲擦干逃逸到面庞上的泪珠,开始讲一个男人的故事,那人光着上身走进赌庄,毛乎乎的大肚子无礼地挺在前面,然后讲她是如何拒绝他的下注,直到他穿好衣服。有条不紊,姥姥说,不愧是我的好姑娘。

知道

霍妮寄来一封信。

她使用右倾花体字,在黄色的信纸上留下蓝色的墨迹,写了七页那么长。西尔莎将喷过香水的芬芳纸页拿得离自己远远的。有那么一会儿,她根本无法直视这封信。她坐在自己床上,珍珠坐在她身前的地板上,问她,这是什么,妈妈?上面写什么?

我思念并爱着你们所有人。这是上面的第一句话。如释重负的强力冲击让西尔莎轻轻哭出声来,感谢上帝。为什么呀?珍珠问。不为什么,亲爱的,我只是很高兴能收到霍妮的信。还有约什?没错,还有约什。

唔，珍珠说着摇摇头，回去管理她的乐高村。现在，医生小姐，你必须回去工作了。在医院。发生了事故，噢，不。

西尔莎的心情平复下来，她能够将信纸从左至右依次在床上摊开。她跪在信纸前面，仿佛在进行祷告，这让她突然想到，她从未在弥撒之外的场合跪着念祷词，这辈子从未有过。她感到一种奇异的刺激感，来自这小小的僭越，也来自想到天国的审判者会因为她模仿敬奉神明的动作而判处她嘲讽虔诚者之罪，她因这个想法而笑了笑。但她敢看的只有开场白的那两行：亲爱的西尔莎，我思念并爱着你们所有人。后面的七页会是什么内容？霍妮知道些什么？

所有。她知道所有。看来约什作过彻底的坦白。她不过是盛放他的罪的圣杯，他们共度的时光如今被压缩进这种使人羞愧的阐释里。霍妮用冰冷的手写下所有组成这个她称为**风流韵事**的事件里一切珍贵与痛苦的东西：小小的半月形卵石滩，那是他们第一次在湖滩上相拥躺下的地方；他们在诺克高尼的乡间别墅里度过漫长的午后，如此过了几个月，世界也从眼前消融；她知道戈尔韦那些英国佬的事，知道西尔莎的失望，知道她对于约什将她的故事改编为一系列粗俗闹剧时的反应，知道他们如何分道扬镳。她听到自己以母亲的口吻，祖母的语言喃喃低语：全他妈招了，耶稣，全他妈招了。

但霍妮的话里没有一丝谴责。她只希望西尔莎知道，她知道所有事。而西尔莎知道，在霍妮看来，她的全知恰好维护了她与约什爱情的不可侵犯。霍妮没有横加指责，连带其毫不松懈、自我压抑的包容态度，是她所给予的最大残忍。结束语给西尔莎带来最为深切的刺痛。我将永远是珍珠的教母。我将永远是你的朋友。爱你的，霍妮。

主唱

珍珠长到十三岁才问起她的父亲。

她似乎从未觉得有所缺失，也没觉得她的家庭组成跟她大部分朋友有所不同。许多年后，她告诉西尔莎，她推测过壁炉台和起居室墙面相框里的那名微笑男子，也就是她的母亲、祖母和曾祖母都不假思索称作老爸的人，也是她的老爸。她从未问及他，是因为她没有疑问；她已经吸纳许许多多他散落四周的精神，因此他成为她的一部分，她自己也成为他的一部分，直到有一天，她终于开口询问，令她震惊的是，那个照片里的男人是她的祖父，那她的父亲必定另有其人。

西尔莎告诉孩子她父亲的姓名。什么？像是个主唱？他是主唱。那名主唱是你的父亲。西尔莎逐字逐句告知了女儿真相。珍珠坐在沙发上，两只手放在腿上，修长的双腿伸展在身前。有一会儿，她看起来似乎要哭了。哇噢，她终于开口，然后起身穿过小房间走到壁炉前，也就是她母亲站立的地方。哇噢，妈，所以他完全不知道我的存在？西尔莎摇头。这怎么可能？西尔莎无言以对，她除了那些平淡无奇的真相，并没有准备其他对女儿说的话。她感觉一股酸胆汁随着一阵恐慌情绪从胃部涌上她的咽喉。但珍珠只是对她微笑。所以我的歌喉就是从那儿遗传的！

珍珠是一个受欢迎的女孩，她热心，信任他人，自信满满，她把母亲告诉她的故事告诉了她的朋友们。只有一小拨人不相信她，有几个嘲笑她，背着她谈论，然后回家把珍珠·艾尔沃德自认为自己是谁的故事讲给他们父母听，也是在那时，珍珠知道谁是她真正的朋友，这种事一目了然。

她下定决心，总有一天会去见这个男人，告诉他自己是谁。她将自己的决心藏在私密的安全地带，她可以偶尔拿出来琢磨一番，计划一下，想象如何去实现它，想象他会如何看待她,又可能说些什么。她将他的所有歌曲上传到 iPod,去听他接受采访的播客节目,有一两次他提到希望有一天能成为一名父亲。

她把他录制好的音频往回倒,重新播放他说这话的片段。存放她与生俱来的智慧——那是一种对她渺小世界之外广阔世界和未来她将在那里遇见的人的本能认知——的那一部分意识明白,无论她的感受如何,或者她积攒了多少没有回应的爱,事情不会有什么不同。

徒步旅行

克里斯发现自己又跟一个女人好上了。

姥姥这次的反应好多了。就算她佯装不同意,还与母亲你来我往地嘲讽他勾搭上的那个热情洋溢的年轻美国人,但她终于为他松了口气。他之前的生活方式不对劲,往来于农场与他似乎铁了心不放弃的城镇公寓之间,即便他把农场的活干得很漂亮。上帝如果想到那块地在被几代艾尔沃德注满心血之后要华而不实地空置着,都会吓得不轻。但这至少比姥姥家乡那些人的房屋消失的方式好很多,如今那里只有砂石从沟渠里腾起,在那儿生活过、逝去过的人痕迹都荡然无存。不过,不就是这么回事儿吗？我们都在一点点地支离破碎，回归生养我们的土地。

不管怎样，这事的发生难道不是上帝带来的好运吗？人们开始询问是否可以穿过院子和果园朝山上徒步，去往图恩蒂纳。而克里斯当然无法说不。只要他们不到处瞎跑，他说，也不在身后留下垃圾，那就欢迎他们借道。姥姥告诉他，如此轻易就接纳了都柏林来的成群结队的外国人，是在给自己挖坑，只有上帝知道他们会张着嘴巴在哪里乱转。克里斯呢，虽然撂下狠话说不许人们乱扔垃圾，却亲自承担起捡拾人们沿途不可避免扔下的瓶子、废纸张、三明治屑和苹果核的工作。有一天，一个独自旅行的年轻女人，用美国佬口音向他打听这栋房子：她想知道自己能否进屋看看，接着她问自己能否租下它，或者至少租一间房。至于还发生了其他什么，姥姥并不知情，也不想知道，但人与人之间会有化学反应，而这次就发生了。

现在他们一起住在山上，房子被用来作为一处**作家疗养所**。我问问你，他们在疗养什么？老旧的板条屋和谷仓被翻修成公寓，整个夏季和冬季的大多数时候都对外出租，克里斯和那位金发大胸高嗓门的以夫妻身份住在其中一间公寓,她难道不是撞大运了吗?她从得克萨斯州来。她难道不是大老远来到这里,将她的爪子伸向一片漂亮的小农场和一个更为优秀的男人吗?总之,我们不要多嘴。瞧瞧上次的事。上帝保佑他们。

家

时光荏苒。

我们别无选择,只能跟上步伐。我们的身体知道自己在衰老,但对我们的心灵来说,间或的提醒必不可少。姥姥声称,她时不时的**昏迷**就是提示器。闭嘴,好吗?母亲说。但姥姥坚持如此。又一次昏**迷**,亲人们,躺在医院病床上或已经被带回家躺在自己床上时,她都会这么说。大限之日来临前,我不会再受太多折磨了。当那天真的到了,你们要好好对艾琳。我走后,她会陷入很糟糕的状态。当然,她几乎不会表露出来,但我知道。我们相依为命足足四十年。对她来说是巨大的转变。她可能会走下坡路，你知道的，没有我在旁给她加把劲。母亲说那是屁话。她等不及把房子收回来。操蛋的老巫婆霸占了整栋房子。

珍珠的十四岁生日没过多久，一个周五的下午，由春入夏，樱花盛放，姥姥要求开车带她去兜风。于是她们一齐出发，先去了格拉德尼的乡间别墅，在那里她们见到莫尔·格拉德尼和基特·格拉德尼，基特已经活了一个多世纪，身体机能依然完好；还见到在苹果树花团下的旧长凳上坐着的埃伦·杰克曼。姥姥在轮椅里挨她们坐了一会儿，她们闲聊了几句，然后道别。再见，老朋友，再会了，上帝保佑，愿一切安好。莫尔·格拉德尼陪她们走到半山腰的台阶处，然后在大门那儿弯腰吻了姥姥的脸颊。

接着她们来到杰克曼家的牧场尽头，拐上姥姥自家的小路，去那栋她在战争依然从欧洲大陆传来回响，怎么都搞不到面粉和燃料的年代嫁进去的屋子。克里斯不在家，房子上了锁。几名瘦骨嶙峋的徒步者在翻修过的谷仓外面游荡。姥姥见到他们嘴里发出啧啧声，要求母亲掉转方向，从帕拉斯的旧水泵开过去，然后下坡到湖边。这四个女人在车里不停地说笑，没人提及她们都心知肚明的事实。姥姥记起遗忘已久的故事,她们四个坐在约尔码头的短堤尽头,姥姥给她们讲述有次她丈夫驾驶摩托车直接开过湖面去克莱尔。那可是一大片冰面啊。上帝,他有时是个傻瓜。

她们回家了。姥姥说她过了美好的一天。她们逐一给她晚安吻时,她一直面含微笑。她握着母亲的手,合上眼睛。

问题

没我的允许，不准翻开试卷。

女人的声音尖锐刺耳，在珍珠耳内回荡。有一刻她绝望地担心记忆中的一切会被搅成一团毫无意义的文字和画面。她低下头，深吸一口气憋住，再缓缓吐出，就像霍妮在电子邮件里说过的那样。保持镇定，亲爱的，你要全力以赴，然后顺其自然。她环视大厅里她周围的这些人，令人安慰的是，他们的身姿是那么熟悉，沐浴在从高窗射入的尘土飞扬的光线里。他们其中有些是她过去十三年来的朋友、同学，结识于她上国立约阿拉拉山小学的第一天。那天她的母亲、祖母和曾祖母陪她走到教室门口,妈咪洒了几滴眼泪,祖母告诉她多动脑子,然后姥姥要祖母自己多动脑子,结果她们差点就当着所有其他孩子、家长和老师的面上演她们惯常的争吵,然后她们轮流拥抱,亲吻她。她喜欢第一天上学,用烟斗通条做长颈鹿,学唱一首关于小鸟筑巢的歌,坐在成年人用的椅子里,看漂亮老师在黑板上绘制卡通猫狗。

现在,所有一切引向了这个。这张蓝色薄纸背面的一连串问题。明天还有另外一连串,后天还有关于其他事的,直到下周末才会结束,决定她是否获得足够分数去上伊玛克特教育学院[1],如果是,她就去,如果不是,那么,事情发生的话她再考虑吧。或者说,没发生的话。

翻转你的试卷!女人的声音传到远处的后墙,飘向体育馆高悬的天花板,然后与自身发生反馈,于是听起来有三个声音。她真的应该把音调降低一点。这对已经神经紧张的人很不公平,如此尖锐的声音进一步刺激了

---

[1] 伊玛克特教育学院创立于一八九八年,是利默里克大学的教育和人文学院,也是爱尔兰国内重要的教育和人文学院,培养了约百分之四十的爱尔兰小学教师。

神经。试卷纸有点不对劲。上面的文字在四处游动,模糊不清,仿佛在水底。一团一团文字各自游离出来,从纸面满溢到课桌上。

她将一只手放到脖子上,轻轻抚摸她曾祖母死前留给她的显灵圣牌。姥姥曾经将它抵在装有圣女小德兰——那位耶稣的小花——的遗骸容器的玻璃壁上摩擦。珍珠对那种事一点儿也不信,但她仍然握紧她的圣牌,闭上眼睛抑制愈演愈烈的惊恐情绪。

答案

她想到书送到的那天。

姥姥透过窗口看着那位邮递员在车道上缓缓倒车。他来了。瞧瞧他的脑瓜子。他自命不凡地昂首阔步,满嘴胡言乱语,仿佛自己就是他妈的邮政大臣。你记不记得有次他就在门边摸着隔壁的帕吉,不停说狗都有多爱他,总是跟在他身后?然后我对他说,那是因为你没好好擦屁股!

玛丽!快住嘴,行吗!他会听见的!接着姥姥告诉祖母,他听没听到关她屁事,况且他不像个男人,在大货车里翘着他城里人的屁股。这个教区自帕迪·格拉德尼之后就没有像样的邮差了。愿上帝让这位善人安息。他风雨无阻、日复一日地蹬着自行车上山坡下河谷，带着他的邮包和一车篓的包裹，在他开始去杰克曼家工作之前都是如此。上帝，帕迪是个正派人，不像这个东西。他打算离他妈的门多近？不要一分钟他就进到厨房了！

她母亲于是去后门，邮递员提出帮她搬箱子，她母亲说没关系，然后邮递员说，用你的腿而不是背去支撑。姥姥的声音从她所在的起居室窗口飘来，他以为自己他妈的无所不知，你不认为如果他真是个专业人士就会自己搬了吗？这位快乐的邮递员微笑着眨眼，从他的货仓门边大声说道，你好，艾尔沃德夫人！于是姥姥也喊回去，噢，你好，弗朗西斯，亲爱的，就你一个人吗？告诉你母亲，我要见她！

她的母亲在剪断箱子顶部的胶带时手有些抖，她从里面抽出一本书，封面图案是狭窄沙滩上一位轮廓柔和的女人，站在一棵枝叶低垂的树的阴影中，阳光透过树木修长的叶间，将女子脚边的水面照得闪闪发亮。姥姥在拱廊那儿靠在她的助行器里，眯缝着眼说道，一本书叫这么个名字难道不奇怪吗？祖母说，你能闭嘴吗，老泼妇！然后她们四个在静静的期待中幸福地坐在餐桌边，桌子中央堆着书的抢读版。这本书引发了三方竞价，在人们一字未读之前就登上头条。

如今，五年过后，珍珠·艾尔沃德的眼睛聚焦，她读出英语测试卷的第一个问题：**根据文本探讨西尔莎·艾尔沃德的小说《污岛女王》对女性气质的表现。**

开头

珍珠从内在到外在都很美。

五月的一个早晨,天空几乎没有一丝云,和煦的风将下方山坡上新生植物的浓郁芬芳吹了上来,阳光在盛开的樱花和树枝间舞蹈,将在车道的水泥地上和她们小屋的干净外墙上撒下粉白色的斑点。西尔莎·艾尔沃德帮她女儿将箱包装进后车厢。艾琳·艾尔沃德说她来开车。你开个屁,她女儿说。如果让你开,我们永远到不了。她会错过航班。艾琳没心思吵架,她走到后排入座,但她的曾孙女表示抗议,不,祖母,请坐在前排来,否则感觉太奇怪了。噢,看在上帝的分上,谁坐哪儿有什么关系？艾琳·艾尔沃德，在姥姥去世、自己也迈入晚年后，重新恢复了一些信仰，她把卢尔德圣水洒向她的曾孙女、车顶和她们周围的地面，水瓶快空了时，她从手提袋里掏出一个装油的小扁瓶子，给这孩子，这位刚刚完成伊玛克特教育学院考试的女士涂抹上。这位女士正在那里学习做一名教师，且延迟了她的第二学年，以便能够到广阔而危险的世界漫游。她的祖母向上帝祈祷，希望这股冲动不会持续太久，希望她会十分思念她们，于是只向外面匆匆一瞥就立即转身回家，希望她会留在此地，安全地待在她们的小屋里，让爱包裹和宠溺。

艾琳·艾尔沃德看着她的女儿，后者眼睛哭得又红又肿，正戴着一副墨镜试图避开她的目光。她心中有什么在翻涌，混合着爱与骄傲，以及对这些女人的极度担忧，情绪高涨得令人窒息。那些人的手里捧着她的心，为了她们的幸福，她可以献出自己的生命。她坐到女儿身边，然后转向孙女，告诉她扣上安全带，又询问一遍她是否带齐所有东西，她的钱包、卡与证件、救急的现金和姥姥的小花显灵圣牌。然后西尔莎说，别忘了，亲爱的，约什和霍妮会在肯尼迪国际机场接你，如果你没见到他们,不许离开机场到达厅半步。然后珍珠说,好的,妈咪,我知道。

  于是她们将车驶入公路,向下开到主干道,然后拐向城镇和高速公路。珍珠·艾尔沃德感觉她的世界同时在收缩与扩张。她们移动的时候,她感觉胸腔里的心脏在平稳跳动,这几个女人穿过绿色的乡村,驶入蓝色的地平线。

致谢

爱和感谢献给以下各位：

给你，我的读者，给了我在这条崎岖道路上继续前行的理由；给在图书行业中辛勤工作的人们，让我们这些作家在惊涛骇浪中继续漂流；给我的朋友和编辑，布莱恩·兰根，如此耐心地帮助我，并再一次毫无保留地提供专业指导；给科斯蒂·邓萨斯和菲奥娜·墨菲，从一开始就喜欢这些艾尔沃德家的女人；给凯特·萨马诺，对文本的辛勤指导；给对于信念坚定不移的拉里·芬雷和比尔·司各特-科尔；给费奥德纳·内·格里奥法、帕齐·欧文、爱丽丝·尤埃尔、莉莉·科克斯、黑泽尔·奥姆、卡特里奥娜·希勒顿、珍娜·布朗、凯尔蒂·梅卡尔斯基、帕特里克·诺兰、阿妮卡·卡罗迪、索查·贾奇、苏菲·德怀尔、大卫·德瓦尼、艾莉逊·巴罗，以及双日出版社、环球出版社、企鹅兰登书屋爱尔兰和企鹅英国每一位的支持和卓越的工作；给企鹅兰登书屋版权团队的全体成员，将我的书推向全球；给我的所有译者和国际出版商，以如此的激情与优雅在世界范围内重新讲述我的故事；给戈尔韦的肯尼一家，全力支持和友谊；给欧文·根特和玛丽安·伊萨·埃尔-霍里，为这本书提供了如此精美的装帧；给约瑟夫·奥康纳、萨拉·摩尔-菲茨杰拉德、埃万·德弗罗、艾米丽·卡伦、姬特·德瓦尔以及我在利默里克大学的所有亲朋好友、同事、学生，利默里克大学是我的避难所和第二个家；给我的叔叔布兰登·瑞安，我所喜爱和信任的早期读者；给我的妹妹玛丽，我的档案员、宣传员、营销员、战略家和最热心的支持者；给我的母亲安妮·瑞安，她不喜欢被提及，但她是我们的天与地。给我亲爱的约翰、林德赛、阿奥伊比尼、芬恩、克里斯托弗、丹尼尔和凯蒂；给贝蒂·希恩、艾瑟尔·哈特内特、巴利鲁辛的瑞安家族、散布世界各地的谢里家族、伍德黑文的克雷明家族以及我所有的亲戚和姻亲们；给托马斯和露西，给我最黑暗的日子带来光明；给安妮·玛丽，她握着我的手和我的心，我写的每一字都来自她。

以及：

纪念查理·希恩，我们温柔的英雄。

图书在版编目（CIP）数据

污岛女王 /（爱尔兰）多纳尔·瑞安著；龚诗琦译. -- 上海：上海文艺出版社，2024
ISBN 978-7-5321-8666-2

Ⅰ.①污… Ⅱ.①多… ②龚… Ⅲ.①长篇小说－爱尔兰－现代 Ⅳ.①I562.45

中国国家版本馆CIP数据核字(2024)第008313号

Copyright © Donal Ryan 2022

First published as The Queen of Dirt Island in 2022 by Doubleday, an imprint of Transworld Publishers.

Transworld publishers is part of the Penguin Random House group of companies.

Through BIG APPLE AGENCY, INC., LABUAN, MALAYSIA.

Simplified Chinese edition copyright:

2024 by Shanghai Literature and Art Publishing House Co., Ltd.

All rights reserved.

著作权合同登记图字：09-2022-0433号

本书为上海文化发展基金会资助项目。 本书出版获得Literature Ireland资助，特此鸣谢。

发 行 人：毕　胜
责任编辑：曹　晴
装帧设计：朱云雁

书　　名：污岛女王
作　　者：[爱尔兰]多纳尔·瑞安
译　　者：龚诗琦
出　　版：上海世纪出版集团　上海文艺出版社
地　　址：上海市闵行区号景路159弄A座2楼 201101
发　　行：上海文艺出版社发行中心
　　　　　上海市闵行区号景路159弄A座2楼206室 201101 www.ewen.co
印　　刷：浙江中恒世纪印务有限公司
开　　本：889×1194　1/32
印　　张：11.625
插　　页：5
字　　数：110,000
印　　次：2024年5月第1版 2024年5月第1次印刷
Ｉ Ｓ Ｂ Ｎ：978-7-5321-8666-2/I.6821
定　　价：78.00元

告 读 者：如发现本书有质量问题请与印刷厂质量科联系　T：0571-88855633